NATALIE ANDERSON

W0209205

Pour quelques heures de passion

collection Azur

éditions HARLEQUIN

Collection : Azur

Cet ouvrage a été publié en langue anglaise
sous le titre :
WALK ON THE WILD SIDE

Traduction française de
FLORENCE JAMIN

HARLEQUIN®
est une marque déposée par le Groupe Harlequin

Azur® est une marque déposée par Harlequin S.A.

Si vous achetez ce livre privé de tout ou partie de sa couverture, nous vous signalons qu'il est en vente irrégulière. Il est considéré comme « invendu » et l'éditeur comme l'auteur n'ont reçu aucun paiement pour ce livre « détérioré ».

Toute représentation ou reproduction, par quelque procédé que ce soit, constituerait une contrefaçon sanctionnée par les articles 425 et suivants du Code pénal.

© 2011, Natalie Anderson.
© 2014, Traduction française : Harlequin S.A.

Tous droits réservés, y compris le droit de reproduction de tout ou partie de l'ouvrage, sous quelque forme que ce soit.
Ce livre est publié avec l'autorisation de HARLEQUIN BOOKS S.A.
Cette œuvre est une œuvre de fiction. Les noms propres, les personnages, les lieux, les intrigues, sont soit le fruit de l'imagination de l'auteur, soit utilisés dans le cadre d'une œuvre de fiction. Toute ressemblance avec des personnes réelles, vivantes ou décédées, des entreprises, des événements ou des lieux, serait une pure coïncidence.
HARLEQUIN, ainsi que H et le logo en forme de losange, appartiennent à Harlequin Enterprises Limited ou à ses filiales, et sont utilisés par d'autres sous licence.

Le visuel de couverture est reproduit avec l'autorisation de :
HARLEQUIN BOOKS S.A.

Tous droits réservés.

ÉDITIONS HARLEQUIN

83-85, boulevard Vincent-Auriol, 75646 PARIS CEDEX 13.
Service Lectrices — Tél. : 01 45 82 47 47
www.harlequin.fr

ISBN 978-2-2803-0684-3 — ISSN 0993-4448

1.

Kelsi Reid appuya d'u coup sec sur la pédale du frein. *Zut, encore un feu rouge!* pensa-t-elle, agacée. Le quatrième depuis qu'elle était partie de chez elle ! Décidément, ce n'était pas son jour de chance…

La voiture s'arrêta net et, d'un geste rageur, elle attrapa son peigne posé sur le siège passager. Elle n'était plus très loin du spa où elle avait rendez-vous : il était grand temps de se refaire une beauté… ou tout au moins d'essayer, songea-t-elle avec une lucidité désabusée.

Elle aurait parié que les clientes habituelles de ce luxueux institut de beauté arrivaient pomponnées et maquillées comme si elles sortaient de chez le coiffeur… ce qui était probablement le cas.

Quant à elle, il n'en était rien. D'abord pour la simple raison qu'elle n'allait jamais chez le coiffeur, ensuite parce qu'elle se maquillait à peine et que l'univers de la beauté lui était étranger.

Elle frémit à l'idée du regard condescendant que les hôtesses — sans doute ravissantes — allaient lui jeter en l'apercevant. En fait, elle était tout simplement aux antipodes des créatures de rêve qui fréquentaient ce genre d'endroit.

Si seulement elle ne s'était pas endormie la veille au soir sur sa table de travail après avoir passé des heures devant son ordinateur, sans se rendre compte qu'une mèche de ses cheveux trempait dans un verre de soda ! Elle avait à peine eu le temps de se faire un shampoing avant de partir, pas le temps de se sécher du tout, et à présent son incroyable masse bouclée était plus indisciplinée que jamais, lui donnant l'air d'une sauvage…

Ce rendez-vous était pour elle une véritable punition : elle n'avait aucune envie de se faire dorloter dans une ambiance de luxe factice qui, elle le savait déjà, allait lui taper sur les nerfs…

Elle n'était plus qu'à quelques kilomètres de L'Essence Spa, l'institut de beauté le plus chic de Christchurch, où on l'attendait pour une journée de soins qui promettait d'être interminable.

Bien sûr, jamais elle n'aurait pris d'elle-même une telle initiative ! Mais elle était coincée : cette journée de « détente-beauté qui faisait de vous une nouvelle femme », comme le promettait fièrement la magnifique brochure en papier glacé avec photos glamour à l'appui, était un cadeau commun de ses collègues et de son patron pour son anniversaire.

Une semaine auparavant, au bureau, en ouvrant l'enveloppe et en lisant cette annonce ridicule, elle avait dû faire un gros effort pour sourire, et ses remerciements avaient été quelque peu laborieux.

Ce genre d'endroit était tout ce qu'elle détestait, tant elle s'y sentait mal à l'aise. Comment en aurait-il été autrement ? Elle n'avait aucune envie de côtoyer des filles de rêve obsédées par leurs corps pulpeux, car elles la renvoyaient à l'image peu avantageuse qu'elle avait d'elle-même.

Avec sa petite taille, ses seins menus, ses hanches étroites, elle était l'antithèse de ces belles plantes aux rondeurs féminines qui attiraient le regard des hommes. Et pour aggraver encore la situation, elle détestait la couleur de ses cheveux ainsi que son teint trop pâle…

Toute son adolescence, elle avait dû subir les remarques acerbes des garçons qui se moquaient de sa poitrine si discrète qu'on la voyait à peine. Même son père y allait de ses remarques désagréables : lui qui avait toujours voulu avoir une fille se lamentait qu'elle ne soit pas une petite blonde aux yeux bleus et aux joues potelées, comme on en voyait dans les publicités…

Kelsi avait si peu confiance en elle, physiquement, que quand son premier petit copain avait décrété qu'elle devait se teindre les cheveux et changer de look, elle n'avait pas osé protester : elle s'était laissé traîner chez le coiffeur et avait accepté de porter des tenues dans lesquelles elle se sentait très mal à l'aise. Tout ça pour qu'il la quitte quelques mois plus tard pour une mini-Barbie aux jupes outrageusement courtes et au décolleté généreux !

Plusieurs années plus tard, elle ne comprenait toujours pas comment elle avait pu se laisser faire ainsi.

Enfin, vers l'âge de dix-huit ans, elle avait décidé d'assumer son physique hors norme, quitte même à en rajouter. Tant pis si elle n'était pas dans le ton !

On la trouvait étrange ? Elle avait décidé d'être plus étrange encore… Elle s'habillait désormais de longues robes qui cachaient ses jambes, de pulls amples qui dissimulaient sa poitrine, ou plutôt son absence de poitrine. Elle refusait tout artifice, tout maquillage. Pas question d'attirer les regards masculins avec des bas résilles ou du rouge à lèvres : si un jour un homme s'intéressait à elle, elle voulait que ce soit pour son esprit, sa personnalité, son sens de l'humour. Pas pour sa taille de soutien-gorge…

De toute façon, des hommes, il y en avait eu peu ces derniers mois, très peu… Comment aurait-elle trouvé du temps pour séduire ou être séduite alors qu'elle croulait sous le travail et passait ses soirées au bureau ?

Rien à attendre par ailleurs du côté de ses collègues, majoritairement masculins.

Pourtant, ils avaient tous entre vingt-cinq et trente-cinq

ans et la plupart étaient célibataires. Mais, en bons geeks, ils ne pensaient qu'à jouer en ligne sur leurs ordinateurs. Face aux Lara Croft aux seins pigeonnants moulées dans leurs combinaisons en lurex, à leur disposition exclusive à toute heure du jour et de la nuit sur leurs écrans, les vraies femmes ne faisaient pas le poids. Leur monde virtuel les comblait et une fille comme Kelsi ne leur permettait pas d'assouvir leurs fantasmes.

Kelsi savait donc parfaitement à quoi s'en tenir sur eux, avec lesquels elle entretenait par ailleurs des relations amicales. Leur cadeau l'avait beaucoup touchée, même s'il l'avait embarrassée, la renvoyant à l'image peu flatteuse qu'elle avait d'elle-même.

Elle qui n'allait plus jamais chez le coiffeur, préférant gérer elle-même tant bien que mal ses boucles indisciplinées, qu'elle colorait dans les tons les plus étonnants, allait devoir supporter toute une journée des soins de beauté, les conseils professionnels d'hôtesses trois fois plus belles et raffinées qu'elle ! C'en était presque comique…

Peut-être pourrait-elle se contenter d'un massage et d'un sauna, évitant ainsi la séance maquillage et coiffage, sa hantise !

Elle jeta un coup d'œil à sa montre et pesta intérieurement. Avec un trafic aussi dense, elle allait être en retard !

Un coup d'œil dans le rétroviseur suffit à confirmer ce qu'elle craignait : avec ses cheveux en bataille, elle avait l'air d'une folle. Elle ne pouvait décemment pas arriver ainsi à l'institut de beauté !

Il n'y avait qu'une solution : remettre un peu de cette huile qui seule arrivait à discipliner sa crinière, et qu'elle avait eu la présence d'esprit d'emporter à la dernière seconde.

Mais pour cela, il fallait d'abord la démêler un tant soit peu. Par chance, le feu était de nouveau au rouge. Il y avait des feux tous les dix mètres dans ce quartier ! Elle n'avait pas le temps d'intervenir avant qu'il passe de nouveau au vert.

Elle se mit à l'œuvre à la hâte, tirant sans ménagement sur ses boucles, luttant contre la masse qui semblait prendre un malin plaisir à lui résister.

S'acharnant sur un nœud particulièrement rebelle, elle fit un mouvement violent et, dans l'effort, pivota sur son siège. Sans qu'elle comprenne comment, son pied appuya sur l'accélérateur et la voiture fit un bond en avant.

Elle eut le réflexe de freiner, mais il était trop tard. Comme dans un cauchemar, elle sentit qu'elle heurtait quelque chose, entendit un juron, puis le silence. La voiture s'immobilisa et elle resta pétrifiée, les mains agrippées au volant, la peur au ventre.

En quelques secondes, elle comprit, horrifiée, qu'elle venait de franchir un passage piéton, alors que le feu était rouge pour elle. Qu'avait-elle touché ? songea-t-elle, paniquée. Quelqu'un ? Quelque chose ?

Les jambes tremblantes, elle sortit avec peine de son véhicule et s'approcha du capot. Des images atroces affluèrent à son esprit : un enfant sans vie sous ses roues, un landau renversé, une femme enceinte blessée. Comment avait-elle pu être aussi imprudente ? Quelle idée de se coiffer en conduisant !

Elle devait en avoir le cœur net et porter secours aux blessés, s'il y en avait. Plus morte que vive, elle avança de quelques pas.

Juste à temps pour apercevoir un homme qui venait de se remettre debout. *Merci, mon Dieu !* pensa-t-elle. Non seulement il n'était pas mort, mais il était capable de se relever !

— Ça va ? demanda-t-elle d'une voix étranglée. Vous n'êtes pas blessé ?

— Ça va, répondit l'inconnu d'une voix grave.

Très grand, d'une stature athlétique, il avait des yeux d'un bleu incroyablement profond. Il se frotta le poignet et elle devina qu'il s'était rattrapé sur la main dans sa chute.

— Je ne vous ai pas vu, bredouilla-t-elle, au supplice.

Il semblait avoir recouvré ses esprits et lui lança un regard courroucé.

— Vous avez grillé le feu !

— J'ai été surprise, avoua-t-elle. Je suis désolée.

Paniquée, elle songea soudain avec horreur qu'elle avait peut-être heurté quelqu'un d'autre et se baissa pour examiner le bas de caisse.

— Votre voiture n'a rien, constata l'inconnu d'un ton sec.

Kelsi se releva, rougissante.

— Ce n'est pas ça qui m'inquiète ! protesta-t-elle, gênée. Je voulais juste être sûre que je n'avais pas blessé quelqu'un d'autre.

— Pourquoi, rétorqua-t-il, un, ça ne vous suffit pas ?

Elle se troubla, horriblement mal à l'aise.

— Si, bien sûr. Je veux dire que… Vous êtes sûr que vous n'avez rien ? bafouilla-t-elle. Votre poignet ? Il n'est pas foulé ?

— Non, j'ai quelques écorchures, c'est tout.

— Ah, tant mieux ! s'exclama-t-elle, soulagée. Quand je pense que…

— Ne pensez pas, coupa-t-il sans ménagement, et déplacez plutôt votre voiture, vous gênez le trafic. Garez-vous sur le bas-côté, nous discuterons ensuite.

Elle s'exécuta avec précaution, affolée à l'idée de faire encore une bêtise au volant, et ce devant l'homme qu'elle venait de renverser.

Par miracle, elle se rangea sans encombre et sortit de la voiture, plus morte que vive. L'inconnu avança vers elle et elle remarqua alors qu'il boitait légèrement.

— Mon Dieu ! s'exclama-t-elle, soudain blême. Vous êtes blessé à la jambe !

— Non, c'est mon genou, précisa-t-il.

Elle se précipita vers lui et releva son bermuda kaki pour l'examiner.

— Vous vous êtes fait mal en tombant, c'est ça, murmura-t-elle avec inquiétude.

Par bonheur, il n'y avait ni écorchures ni bleus, constata-t-elle rassurée en notant ses longues cuisses musclées, ses mollets hâlés recouverts d'une toison brune.

— Relevez-vous, dit-il, agacé. Tout va bien.

Elle s'exécuta et prit soudain conscience de la gravité de la situation. Alors qu'elle n'avait jamais eu d'accident de sa vie, voilà qu'elle renversait un piéton ! Sur un passage clouté, en plus ! Qu'arriverait-il s'il portait plainte ?

— Vous êtes sûr que vous ne voulez pas voir un médecin ? demanda-t-elle tout à coup. Ça me tranquilliserait ! Venez, je vous emmène…

— Je n'ai pas besoin d'un médecin, rétorqua-t-il d'un ton où perçait l'agacement. En revanche, je ne suis pas sûr que vous puissiez dire la même chose. Vous êtes terriblement pâle…

— C'est l'émotion, balbutia-t-elle. Quand j'ai senti que je heurtais quelque chose, ça a été… horrible. Horrible, répéta-t-elle en mettant la main devant sa bouche. J'aurais pu vous tuer !

— Vous auriez pu, en effet, concéda-t-il. Mais ça n'a pas été le cas… C'était votre jour de chance, et le mien aussi par la même occasion.

— Mais je vous ai renversé ! Heureusement que vous êtes grand, et fort ! Imaginez un enfant, un bébé dans une poussette !

Sa voix se brisa.

— Je préfère ne pas y penser, reprit-elle, anéantie.

— N'y pensez pas, en effet, conclut-il en lui posant les mains sur les épaules et en plongeant son regard bleu profond dans le sien. Reprenez votre calme. Je vais très bien, comme vous pouvez le constater… C'est vous qui avez l'air complètement déstabilisée…

Elle semblait si perdue qu'il lui sourit, partagé entre la pitié et l'agacement.

— Vous êtes sûr que vous n'avez mal nulle part ? demanda-t-elle d'une voix à peine audible.

— Certain, affirma-t-il.

Il n'enleva pas ses mains, et elle lui en sut gré. Pour une

raison qu'elle ne s'expliqua pas, ce geste lui faisait du bien. C'était un peu comme s'il lui transmettait sa force, cette force virile solide et assumée qu'elle devinait en lui.

— Vous alliez quelque part ? demanda-t-il. Vous êtes pressée, peut-être ?

Elle jeta un bref coup d'œil à sa montre et poussa un soupir. Il était trop tard pour son rendez-vous, à présent.

— Oui, mais ça n'a plus aucune importance, confirma-t-elle en haussant les épaules. En revanche, je peux sûrement vous servir de chauffeur.

Joignant le geste à la parole, elle ouvrit la portière côté passager.

— Tout est ma faute, insista-t-elle. Laissez-moi vous conduire là où vous alliez.

Il ne bougeait pas, et tout à coup, prise d'une étrange impulsion, elle tenta de le pousser de force dans la voiture, comme s'il était de la plus haute importance qu'il lui obéisse. Mais il était si massif, si puissant qu'elle ne parvint même pas à l'ébranler.

Il fronça les sourcils, la ramenant à la réalité. Etait-elle en train de devenir folle ? Elle n'avait pas à s'imposer ainsi, presque physiquement, sous prétexte de lui rendre service !

— Désolée, bredouilla-t-elle, confuse. Je suis un peu perturbée, en effet…

Elle leva les yeux vers lui et leurs regards se croisèrent, plongeant l'un dans l'autre avec une intensité qui acheva de la déstabiliser.

L'inconnu semblait s'amuser, prendre plaisir à cette étrange confrontation, et peu à peu Kelsi finit par oublier les circonstances pénibles de leur rencontre. Incapable de détourner les yeux, elle soutint ce regard troublant, comme hypnotisée, et se laissa séduire par la chaleur et la complicité qu'il dégageait.

L'homme avait un visage racé, pensa-t-elle en remarquant l'arête fière de son nez, ses lèvres bien ourlées, son front haut. Quitte à renverser un inconnu, elle n'avait pas choisi le premier venu : c'était le plus bel homme qu'elle ait jamais vu ! Dommage qu'elle le rencontre dans ces circonstances…

Contrairement à ses collègues de travail, il dégageait une virilité tranquille qui forçait l'admiration. Il n'avait pas besoin d'allumer son ordinateur pour assouvir ses fantasmes, lui…

Ni de s'habiller chez les grands couturiers, d'ailleurs… Avec son bermuda et son simple T-shirt noir qui révélait ses bras aux impressionnants biceps, il avait l'air aussi distingué que s'il avait porté un costume trois-pièces.

Elle cligna des yeux, et songea tout à coup à ses lentilles de contact. Pourvu qu'elle n'en ait pas perdu une ! se dit-elle. Elle en changeait si souvent ! Quelle couleur avait-elle mise aujourd'hui ? Elle ne s'en souvenait même pas…

— J'ai une proposition à vous faire, lança-t-il soudain. Vous m'avez l'air encore sous le choc et c'est moi qui vais vous conduire. Un deuxième accident, ce serait dommage, non ?

— Pardon ? rétorqua-t-elle, incrédule.

Il lui pressa légèrement l'épaule, et son pouce s'attarda à la base de son cou, sur sa peau nue. Kelsi frissonna, et le vertige qui la saisit n'avait cette fois aucun rapport avec l'accident.

— Je prends le volant, décréta-t-il de sa voix mâle aux accents sensuels.

Elle ne réagit même pas. A cet instant, il aurait pu lui dire qu'il allait la ramener en brouette que cela ne l'aurait pas dérangée.

— Vous montez ? demanda-t-il en lui tenant la portière.

Elle s'exécuta sans un mot et il l'aida d'une légère pression de la main sur sa chute de reins. Que lui arrivait-il ? se demanda-t-elle dans un sursaut de lucidité. Elle laissait un inconnu prendre le volant de sa voiture et l'emmener sans lui poser la moindre question. Etait-elle devenue folle ?

Elle le vit faire le tour de la voiture et s'installer au volant. Il boitait, constata-t-elle de nouveau. C'est elle qui aurait dû lui porter assistance et c'est l'inverse qui se produisait ! Tout était si étrange, et pourtant elle était heureuse d'être assise près de lui, de sentir sa présence virile et rassurante à son côté, de savoir qu'il la prenait en charge.

— Vous êtes sûr d'être suffisamment en forme pour prendre le volant ? demanda-t-elle, prise d'une soudaine inquiétude. Et votre poignet ?

Pour toute réponse, il se contenta de rire, d'un rire profond et grave qui la troubla profondément. Jamais aucun homme ne l'avait mise dans un tel état, pensa-t-elle, stupéfaite.

Elle se tourna vers lui et, sans même s'en rendre compte, lui rendit son sourire. Trop grand pour sa petite voiture, il dut reculer le siège au maximum pour arriver à rentrer ses interminables jambes. Fascinée, elle regarda ses cuisses puissantes, ses longs doigts élégants posés sur le levier de vitesse.

Pour un homme aussi athlétique et musclé, il avait des mains d'une extrême finesse qui, paradoxalement, évoquaient aussi la force, songea-t-elle. Elle qui avait toujours été sensible à la beauté des mains ne pouvait que constater que les siennes étaient superbes.

— Vous n'avez pas entendu ma question ?

Elle sursauta. Non, en effet : plongée dans sa contemplation béate, elle n'avait rien entendu.

— Pardon… ?

— Je vous demandais votre nom.

Sans attendre sa réponse, il se pencha sur elle et un vertige la saisit. Elle respira son parfum, subtil mélange de sa peau mâle et d'une fragrance discrètement musquée, vit sa bouche aux lèvres sensuelles tout près de la sienne, sentit son torse pressé contre le sien.

Elle retint sa respiration, affolée. Allait-il l'embrasser ? Et n'était-ce pas ce qu'elle souhaitait le plus au monde, à cet instant ? Son cœur se mit à battre la chamade, et elle attendit, éperdue, qu'il prenne les lèvres qu'elle lui offrait.

Mais quand elle entendit le bruit mat et métallique d'une ceinture qu'on boucle, elle redescendit brutalement sur terre.

Il n'avait jamais été question de baiser : s'il s'était penché sur elle, c'était juste pour lui attacher sa ceinture de sécurité…

Pas une seconde il n'avait eu envie de l'embrasser comme elle l'avait stupidement imaginé ! Et comment cette perspective avait-elle pu déchaîner en elle une telle vague d'émotion ? C'était plus qu'inquiétant quant à son état mental…

Il était temps de se reprendre, songea-t-elle en se redressant sur son siège. Elle tira sa robe sur ses cuisses d'un geste presque défensif, et regretta d'avoir pour une fois délaissé ses pulls trop grands et ses pantalons larges sous lesquels elle se cachait d'habitude. Avec cet homme à son côté, elle se sentait tout à coup vulnérable… même s'il ne semblait nullement s'intéresser à elle.

Elle se força à détacher son regard de ses mains posées sur le volant et regarda par la vitre. Il ne savait pas où elle habitait, pour la bonne raison qu'il ne lui avait pas posé la question. Elle ignorait où ils allaient, mais elle s'en moquait. Elle était bien, assise à côté de lui, et ça lui suffisait.

— Mademoiselle comment ? demanda-t-il tout à coup.

On l'appelait si rarement « mademoiselle » qu'elle mit du temps à comprendre que c'est d'elle qu'il parlait.

— Kelsi, balbutia-t-elle.

— Ravi de faire votre connaissance, malgré les circonstances, dit-il en souriant. Je m'appelle Jack.

— Enchantée, Jack.

La situation était surréaliste, pensa-t-elle soudain. Elle était en voiture avec un homme qu'elle ne connaissait pas et qui l'emmenait vers une destination inconnue, et elle ne réagissait même pas ! Elle avait perdu la tête, mais au fond cela lui allait très bien…

— A mon avis, vous n'avez pas encore récupéré du choc émotionnel que vous avez subi, lança-t-il tout à coup avec un petit sourire qui creusa une fossette sur son menton volontaire, le rendant plus séduisant encore.

Il ne croyait pas si bien dire… Cependant le choc qu'elle subissait en cet instant n'avait rien à voir avec l'accident, mais bien plutôt avec le fait de se retrouver à quelques centimètres de cet homme infiniment viril, infiniment sexy.

— Ne renversez pas les rôles, c'est vous qui avez subi un choc, corrigea-t-elle. Vous êtes sûr que vous allez bien ?

Il fronça les sourcils.

— Vous n'allez pas recommencer, j'espère ! s'écria-t-il. Ai-je l'air d'aller mal ?

Non, il avait l'air en pleine possession de ses moyens, pensa-t-elle. Il émanait de toute sa personne une force tranquille qui accentuait encore son pouvoir de séduction.

— Non, en effet.

— Ah, vous voyez, vous devenez raisonnable ! Que diriez-vous d'un café bien serré pour vous remettre les idées en place ? Je connais un endroit sympa pas loin d'ici.

Un café… c'est exactement ce dont elle avait besoin. Ils bavarderaient quelques instants autour d'une tasse, puis se quitteraient en se serrant la main, et cette rencontre ne serait plus qu'un étrange souvenir.

— D'accord, dit-elle.

Quelques minutes plus tard, il se garait devant un magasin de skate-boards, juste à côté d'une terrasse de café.

— Vous ne pouvez pas vous arrêter là, c'est réservé aux clients du magasin, dit-elle en lui montrant les panneaux.

— Ne vous inquiétez pas, rétorqua-t-il d'un ton posé en coupant le moteur. Il n'y a pas de problème.

Pour lui, rien ne semblait être un problème, pensa-t-elle. A commencer par la collision dont il avait été victime et qu'il semblait avoir déjà oubliée, alors qu'un autre aurait fait toute une histoire en exigeant d'être accompagné chez un médecin, voire en menaçant de porter plainte…

Ils remontèrent l'allée jusqu'à la terrasse ombragée, puis Jack prit Kelsi par le bras pour l'entraîner vers une table un peu à l'écart. A ce contact, elle réprima un frisson. Sa main était ferme et possessive, sa paume délicieusement chaude contre sa peau nue, et elle se laissa guider avec une docilité qui la stupéfia elle-même.

— Asseyez-vous, dit-il, je vais chercher des cafés. Vous le prenez comment ?

— Noir.

Le plus noir possible, ajouta-t-elle en son for intérieur. Peut-être la caféine l'aiderait-elle à retrouver le sens commun…

Jack observait la jeune femme menue assise en face de lui. Avec son extrême pâleur, sa fragilité, on aurait pu croire que c'est elle qui s'était fait renverser et non lui, pensa-t-il.

Pour être tout à fait honnête, il avait d'ailleurs à peine été touché par sa voiture. Le léger choc n'avait fait que le déséquilibrer, et il avait fort heureusement eu le réflexe de se rattraper sur les mains, d'où sa légère douleur au poignet gauche.

En réalité, la seule chose qui l'inquiétait était cet élancement au genou. L'opération datait seulement de deux semaines et sa chute avait réveillé la douleur qui commençait à disparaître. Pourvu que son entraînement ne soit pas compromis ! pensa-t-il. Il lui tardait tant de se retrouver sur les pistes après cette immobilisation forcée !

Il ouvrit deux sachets de sucre et les versa d'autorité dans la tasse de Kelsi.

— C'est gentil, mais je ne prends pas de sucre, précisa-t-elle, étonnée.

— Aujourd'hui, si, décréta-t-il avec calme. Vous avez besoin d'un remontant.

Elle ne discuta pas. A quoi bon ? Elle était bien, assise à cette table face à lui, et en plus il avait probablement raison.

— Si vous le dites…

Il la regarda déguster son café puis se lécher les lèvres comme un petit chat repu et la trouva décidément très intéressante…

— Alors, ça va mieux ? demanda-t-il.

— Beaucoup mieux.

Elle leva la tête vers lui, et de nouveau il fut surpris par l'étrange couleur de ses yeux, une sorte de violet qui semblait presque artificiel. Peut-être des lentilles teintées ? Ce genre de détail cadrait avec le personnage : à l'évidence, elle cherchait à s'affranchir des canons classiques de la beauté. Provocation ? Volonté de brouiller les pistes ? Il n'en avait pas la moindre idée…

D'un geste mal assuré, elle remit en place une bretelle de sa robe et il aperçut la dentelle noire de son soutien-gorge.

Sa gorge se serra.

Ce n'était vraiment pas le moment de penser au sexe, se dit-il, furieux contre lui-même. Et pourtant, c'est ce qu'il faisait depuis que cette étrange et fascinante créature l'avait renversé après avoir tranquillement grillé un feu rouge.

Pourtant, en l'invitant à boire un café, il n'avait aucune idée derrière la tête : il voulait juste la rassurer en lui prouvant qu'il allait bien. Elle semblait toujours pétrie de culpabilité, et il s'était dit qu'après avoir bu un café avec lui, elle se calmerait enfin. Sous ses dehors faussement rebelles, elle devait être hypersensible, pensa-t-il. Le genre de fille à manier avec précaution…

Mais avant d'engager la conversation, il fit ce qu'il avait envie de faire depuis fort longtemps : lui retirer le peigne qui était resté accroché dans son opulente chevelure bouclée.

— Vous permettez ? dit-il.

Il se leva, fit le tour de la table et se planta derrière elle.

— Que se passe-t-il ? demanda-t-elle, stupéfaite.

— Vous ne le savez probablement pas, mais vous avez un peigne dans les cheveux. Vous ne croyez pas qu'il est temps de le retirer ?

De confusion, elle rougit jusqu'aux oreilles.

— Je suis désolée, bafouilla-t-elle.

— Désolée ? Pourquoi ? C'est plutôt excentrique, comme bijou, et vous semblez aimer l'excentricité…

Elle eut un petit rire nerveux qui cachait mal son embarras, et il conclut avec une certaine satisfaction qu'il l'impressionnait. Tant mieux, car il la trouvait de plus en plus attirante.

Le blond platine de ses cheveux n'était pas sa couleur naturelle. En tout cas, blonde ou pas, jamais il n'avait vu une telle masse de cheveux, et aussi emmêlée.

Il se pencha sur elle pour retirer le peigne avec précaution et tout à coup son parfum l'enveloppa insidieusement, tel un délicieux nuage, mélange troublant de l'odeur sucrée de sa peau et de son eau de toilette aux senteurs d'agrumes. Un cocktail détonnant, pensa-t-il, qui l'excita comme il n'avait pas été excité depuis longtemps !

Etonné de sa propre réaction, il se rassura en songeant que c'était tout à fait normal. Son opération du genou l'avait condamné depuis des semaines à l'abstinence, à la fois sur les pistes de ski et au lit : rien d'étonnant donc à ce qu'il réagisse ainsi.

Cette chasteté imposée expliquait aussi que cette fille au petit gabarit et à la sensibilité à fleur de peau lui plaise, lui qui d'ordinaire, en bon sportif, ne s'intéressait qu'aux belles plantes bien charpentées qui ne se posaient pas de questions métaphysiques.

Mais quand il l'avait vue au bord des larmes, à peine audible avec sa voix étranglée par l'émotion, il avait fondu d'attendrissement. Elle lui avait semblé si fragile, si bouleversante avec sa ravissante bouche qui faisait la moue, qu'il n'avait eu qu'une envie : la prendre en charge et embrasser ses jolies lèvres pulpeuses et fort appétissantes…

Sa nuque était offerte, sa peau nacrée devait avoir le velouté d'une pêche. Il résista avec peine à l'envie de se pencher plus encore pour déposer un baiser derrière son oreille, là où la chair est douce, avant de la prendre dans ses bras et de glisser la main sous son étrange robe pour découvrir son corps délié.

Non, il ne fallait pas !

Au lieu de fantasmer sur cette étrange fille dont il ne savait rien en dehors du fait que c'était une piètre conductrice, il devait se concentrer sur son seul vrai problème : cette blessure au genou qui risquait de remettre en cause ses compétitions futures s'il ne s'attelait pas fermement à sa rééducation.

Il avait encore quatre semaines de prise en charge par un kiné. Dès qu'il aurait récupéré, il pourrait se défouler comme il le voudrait avec des partenaires autrement mieux assorties à son corps d'athlète que cette femme trop menue…

C'était une épreuve de lui toucher les cheveux sans pouvoir la caresser, mais il prit son temps pour retirer le peigne, comme pour prolonger cette délicieuse torture. Il aurait juré que Kelsi, elle aussi, était en émoi et, cette fois, sans aucun rapport avec l'accident.

Cela se voyait à sa posture trop raide, comme si elle était en permanence sur ses gardes de peur de se lâcher, à ses joues un peu trop roses, à son souffle un peu trop court. Elle était troublée, c'était évident.

Un léger sourire se dessina sur les lèvres sensuelles de Jack. Il aimait sentir le désir monter chez une femme, lui prouvant ainsi le pouvoir qu'il avait sur elle.

Kelsi était prête à être cueillie.

Il ne tenait qu'à lui.

Il réfléchit rapidement. La raison voulait qu'il s'efface, qu'il la raccompagne chez elle et qu'il n'entende plus jamais parler d'elle.

Mais il n'avait pas du tout envie d'être raisonnable. Il n'était pas sportif de haut niveau pour rien : il aimait la compétition, il aimait prendre des risques, sur une piste de ski comme avec les femmes.

Et cette étonnante Kelsi représentait un défi qu'il avait très envie de relever.

2.

Quand Jack posa enfin le peigne sur la table, Kelsi eut le plus grand mal à balbutier un remerciement.

Il était temps de finir sa tasse de café et de partir, pensa-t-elle. Cette rencontre absurde avait assez duré. Mais comment écourter ce moment sans être impolie ? Après l'avoir renversé, elle ne pouvait pas, en plus, lui signifier qu'elle l'avait assez vu !

Elle n'avait rien à lui reprocher, bien au contraire. Non seulement il s'était montré très élégant en s'abstenant de lui faire remarquer qu'elle était en tort et en n'exigeant pas de constat, mais il avait eu la gentillesse de proposer de prendre le volant et de lui offrir un café.

Non, elle ne pouvait pas le planter là et partir — d'ailleurs c'est lui qui avait ses clés…

Elle sentit son regard posé sur elle, insistant et dérangeant, et une onde d'excitation la parcourut. L'espace d'un instant, elle faillit se passer la langue sur les lèvres, car elle était sûre qu'il fixait sa bouche, mais se retint. Inutile de jeter de l'huile sur le feu et d'attiser son désir pour rien. D'autant qu'il devait être le genre d'homme habitué à ce que toutes les femmes lui tombent dans les bras… Probablement, en la dévisageant ainsi, s'attendait-il à ce qu'elle fasse de même.

Elle prit une longue gorgée de café en s'interdisant de le regarder. C'était trop dangereux, car il était incroyablement beau, incroyablement mâle, incroyablement sexy.

Baissant la tête, elle fit mine de remuer son sucre avec sa cuillère pour se donner une contenance. Encore une gorgée et elle aurait fini sa tasse. Alors elle pourrait partir sans se montrer grossière, le remercier pour son aide et s'excuser encore une fois de l'avoir renversé. Peut-être serait-il surpris qu'elle ne cherche pas à pousser son avantage, mais il n'en ferait sûrement pas une maladie. Il devait être entouré d'une nuée de femmes cent fois plus jolies qu'elle.

— Pourquoi étiez-vous si pressée ? demanda-t-il soudain.

Elle se sentit rougir comme une collégienne.

— Pour rien.

— Comment ça, pour rien ? Vous pouvez me répondre, tout de même !

— J'avais rendez-vous dans un spa, avoua-t-elle comme s'il s'agissait d'un lieu de perdition.

A présent, il allait la prendre pour une fille obsédée par son corps et son apparence, pensa-t-elle, dépitée. Tout ce qu'elle détestait.

Il fronça les sourcils.

— Un spa ?

— Oui, vous savez, un institut de beauté où on vous fait des papouilles pour un prix astronomique.

Il sourit.

— Et quel genre de papouilles devait-on vous faire ? demanda-t-il en l'imaginant tout à coup nue sur un matelas, offerte…

Il chassa de son esprit cette vision ô combien troublante.

— Un sauna, un massage du visage et un soin des cheveux, précisa-t-elle.

— Peut-être pas inutile, en effet, vu le temps que j'ai mis à décrocher ce satané peigne, fit-il observer en souriant.

Curieusement, elle ne se sentit pas vexée et lui rendit son sourire. Personne ne pouvait nier qu'elle avait une incroyable tignasse…

— C'est mon premier jour de vraie détente depuis des mois, expliqua-t-elle. Mon boss a dit qu'il fallait que je recharge mes batteries. Cette séance de soins, c'était le cadeau d'anniversaire de mes collègues de bureau.

— Je ne suis pas sûr que passer une journée dans un

spa soit la meilleure chose à faire pour débrancher, fit observer Jack.

En effet, pensa Kelsi. Si elle avait eu à choisir sans se préoccuper du coût, elle aurait opté pour un séjour à Paris, où elle aurait alterné balades le long de la Seine et visite des galeries d'art. Un jour, elle irait en Europe, elle se l'était promis. Quand sa carrière aurait vraiment démarré…

— Non, peut-être, fit-elle, évasive.

— Il me semble que, pour se détendre, il n'y a rien de tel que le grand air, la nature, l'exercice, reprit-il. C'est ça que vous devriez essayer !

— Je me méfie du soleil. Avec ma peau, je brûle tout de suite.

Depuis l'enfance, elle avait appris à se protéger : au lieu de bronzer, elle devenait tout de suite écarlate !

— Vous pourriez porter un chapeau.

— Et abîmer ma superbe mise en plis ? ironisa-t-elle.

L'espace d'un instant, ils se dévisagèrent, soudain complices, puis partirent du même éclat de rire.

La glace était brisée, pensa Kelsi, aux anges. Sans rien savoir l'un de l'autre, ils étaient définitivement sur la même longueur d'onde : c'était étrange… et merveilleux.

— Que diriez-vous d'une petite balade hors de la ville pour vous remettre d'aplomb ? lança-t-il soudain. Je vous emmène. Et je vous promets que votre mise en plis ne risque rien…

Il guettait sa réponse sans cesser de l'observer, et elle détourna la tête, le cœur battant.

Comment un homme aussi séduisant que lui pouvait-il lui faire ce genre de proposition ? Il ne pouvait pas s'intéresser à elle, elle n'était pas du tout son genre ! Elle devait avoir mal compris… ou alors il se moquait gentiment d'elle.

— Euh…

— Allez, ça va vous faire du bien !

— Non, je…

Il y eut un silence.

— En fait, vous avez peur, assena-t-il.

— Non, pas du tout, protesta-t-elle d'une voix étranglée. C'est juste que… je ne suis pas intéressée.

Le silence revint, de plus en plus pesant. Jack continuait à la fixer avec insistance.

— Vraiment ? murmura-t-il de sa voix de basse. Même pas un tout petit peu ?

Elle déglutit avec peine. Il connaissait son pouvoir de séduction et devinait que son charme opérait sur elle. Elle cherchait la meilleure façon de lui répondre pour le convaincre qu'il perdait son temps quand il reprit la parole.

— Vous n'aimez pas vous lancer des défis ? demanda-t-il d'un ton incisif.

Elle décida de botter en touche. Cette question la dérangeait…

— Parce que vous croyez que quelques heures en plein air me détendront plus que des soins et un massage ? rétorqua-t-elle en affectant un ton dégagé.

— Bien plus ! Cent fois plus ! J'en suis convaincu…

— C'est un sacré engagement que vous prenez là, constata-t-elle, amusée.

— En effet. Et si vous releviez le défi ? suggéra-t-il en dardant sur elle son regard bleu aussi limpide que l'océan. Allons, un peu d'audace !

Prise de court, elle tenta de mettre les choses en perspective. Que risquait-elle en réalité ? Rien, certainement. A l'évidence, ce type n'était pas un violeur.

Par ailleurs, qu'allait-elle faire de sa journée à présent qu'elle avait raté son rendez-vous ? Pas question de revenir au bureau, elle aurait été obligée d'expliquer que le magnifique cadeau était perdu. Et la seule idée de retrouver sa table de travail et son ordinateur lui donnait la nausée : elle avait besoin de faire une pause.

Elle aurait pu essayer de voir un ami, mais à vrai dire ses amis se comptaient sur les doigts d'une main. Depuis son arrivée à Christchurch, elle n'avait fait que travailler, et n'avait pas eu une minute pour développer une vie sociale, à supposer qu'elle en ait eu envie… Et ce n'étaient pas ses collègues enfermés dans leur monde virtuel qui lui ouvraient de nouveaux horizons.

Jack, lui, devait être entouré d'une bande de copains… et de copines.

— Je suis sûr que vous n'avez rien d'autre à faire, reprit-il.

Elle ne prit même pas la peine de mentir. Son insistance ne la dérangeait pas. Peut-être avait-il tout simplement envie de la distraire ?

— Non, avoua-t-elle. Rien du tout.

Un large sourire éclaira le visage de Jack.

— Parfait ! s'écria-t-il. Dans ce cas, on y va !

En guise d'acceptation, elle lui rendit son sourire.

Il observa sa robe qui lui arrivait aux chevilles, ses bottines en cuir noir cloutées.

— En revanche, il va falloir vous trouver une autre tenue, déclara-t-il.

— Une autre tenue ?

— Oui. Comment voulez-vous marcher sur des terrains accidentés habillée comme vous l'êtes ? Je croyais que la mode gothique, c'était pour les moins de quinze ans.

Elle se redressa et fronça les sourcils, furieuse.

— Je n'ai rien à faire avec les gothiques !

Il sourit d'un air amusé.

— Ah bon ? Pourtant, cette robe longue, ces bottes, cette chevelure en bataille… Ne me dites pas que c'est par hasard !

— Non, ce n'est pas par hasard ! rétorqua-t-elle, piquée au vif. Mais ce n'est pas parce que j'aime changer la couleur de mes cheveux et porter du cuir noir que je suis gothique ! Et puis je vous ai expliqué que je dois me protéger du soleil !

— Vous protéger ? Je dirais plutôt que vous cherchez à vous cacher.

— Mais pas du tout ! J'aime jouer avec les apparences, c'est tout. Changer de look, ça m'amuse, figurez-vous. Je travaille dans un monde où l'image est essentielle.

— Au point de chercher à vous transformer à ce point ? De dissimuler la véritable couleur de vos cheveux, comme si elle ne vous plaisait pas ? Quelle est votre couleur naturelle, à propos ?

Elle serra les poings, mal à l'aise. Elle n'avait aucune envie de discuter de ça, et surtout pas avec lui.

— Ce sujet n'a aucun intérêt, rétorqua-t-elle sèchement.

— Ah oui ?

— Non. Je considère mes cheveux comme des accessoires, et les accessoires sont faits pour être changés, non ?

Il réfléchit un instant, peu convaincu.

— Vous êtes dans la fuite, conclut-il enfin d'un ton péremptoire. Comme si vous ne vouliez pas que les autres vous percent à jour. Auriez-vous quelque chose à cacher ?

— Mais pas du tout ! protesta-t-elle, de plus en plus mal à l'aise. Qu'allez-vous imaginer là ?

Pourquoi la harcelait-il de questions déstabilisantes ? se dit-elle, contrariée. C'était un interrogatoire en règle, et pourtant ils n'étaient pas au tribunal !

— Rien, sinon que vous avez peut-être du mal à vous accepter telle que vous êtes. Ou que vous ne vous aimez pas tant que ça…

Il y eut un silence. Et s'il avait mis le doigt sur un point sensible ? S'il disait tout haut des choses qu'elle pensait tout bas sans vouloir se les avouer ? se dit Kelsi, en plein désarroi.

Mais il ne lui laissa pas le temps de se perdre en conjectures.

— Bon, assez discuté, le grand air nous attend, déclara-t-il. Vous êtes toujours d'accord pour aller vous balader ?

— Oui, murmura-t-elle.

— Parfait.

Ils regagnèrent la voiture.

— Attendez-moi un instant, je reviens, dit-il à Kelsi quand elle fut assise. J'en ai pour une seconde.

Perplexe, elle le regarda pénétrer dans le magasin de sport devant lequel il avait garé la voiture.

Si elle avait voulu s'enfuir, le moment était idéal. Elle n'avait qu'à tranquillement reprendre le volant, puisqu'il avait laissé la clé de contact sur le siège, et s'évanouir dans la nature. Il ne savait rien d'elle, il ne pouvait pas la retrouver, et l'affaire était close…

Mais elle n'avait pas la moindre envie de partir, même si cette escapade avec un parfait inconnu était une folie. Car le parfait inconnu en question se trouvait être l'homme le plus sexy et le plus séduisant qu'elle ait jamais connu, et que la perspective de passer un après-midi avec lui était plus qu'excitante.

Dont acte : elle restait.

Quand il réapparut quelques minutes plus tard, un grand sac à la main, elle s'était installée à la place du conducteur.

— Vous êtes en état de conduire ? demanda-t-il en lui jetant un coup d'œil inquiet.

— Absolument.

— En tout cas, cette fois, pas de rendez-vous à l'horizon, donc pas besoin de griller un feu, fit-il observer, amusé.

— En effet, enchaîna-t-elle sur le même ton. Je ne renverserai personne, c'est promis ! Où allons-nous ?

— Surprise ! Commencez par prendre la première à gauche.

Elle s'exécuta. Ils avaient à peine parcouru cent mètres que tout à coup Jack se pencha vers elle en avançant la main en direction… de ses cuisses.

Il était quasiment couché sur elle, la tête en bas, et elle se demanda ce qui se passait. Etait-il pris d'une sévère attaque de libido ? Dans ce cas, comment réagir ? Elle l'imagina glissant la main sous sa robe, lui caressant les cuisses, cherchant son sexe…

Le souffle lui manqua. Elle était aussi folle que lui !

— Jack, balbutia-t-elle. Que faites-vous ? J'essaye de conduire !

Par miracle elle arrivait à un feu rouge et passa au point mort. Jack en profita pour s'enfoncer un peu plus bas, si bas qu'il lui touchait les genoux de son front, et qu'elle sentait son souffle sur sa peau. Une vague de chaleur envahit Kelsi, qui sentit la tête lui tourner. Peut-être était-il devenu fou, mais en tout cas c'était fort agréable…

Puis, soudain, il lui saisit la cheville droite, enserra sa bottine et la lui retira d'un geste décidé.

L'air satisfait, il se releva aussi brusquement qu'il s'était baissé et lui adressa un large sourire.

— Impossible de conduire avec des chaussures pareilles ! affirma-t-il. Mettez ces baskets, nous serons plus en sécurité ainsi. Un accident par jour, ça me suffit !

Abasourdie, elle fut incapable de répondre et prit les chaussures qu'il venait de sortir de son sac.

Quel drôle de type ! pensa-t-elle en les enfilant avec une docilité qui la stupéfia elle-même. *Aussi directif que prévenant, selon les moments...*

— La confiance règne..., marmonna-t-elle cependant d'un ton acerbe. Là, c'est vous qui nous avez fait prendre des risques, pas moi !

— Pas plus que quand vous vous coiffez en conduisant, rétorqua-t-il. Et de toute façon, nous sommes à l'arrêt.

Le feu passa au vert, et comme Kelsi, désarçonnée, tardait à démarrer, la voiture de derrière klaxonna. Elle accéléra brusquement.

— Où allons-nous ? demanda-t-elle pour changer de sujet.

— Sur la côte, en passant d'abord par les montagnes. Les virages en épingle à cheveux, ça ne vous impressionne pas, j'espère ? Si vous avez peur, je prendrai le volant.

Elle lui lança un regard agacé.

— Je me débrouillerai très bien toute seule, assena-t-elle.

Ce qui n'était pas vraiment le cas. Elle avait toujours détesté les virages, mais ne le lui aurait pas avoué pour un empire...

La route se fit plus étroite au fur et à mesure qu'ils gravissaient les collines qui les séparaient de la mer. Le ciel, d'un bleu profond, contrastait avec le gris-vert de la végétation du maquis. Par la vitre ouverte pénétrait la délicieuse odeur iodée de l'océan tout proche.

Le paysage était si beau que Kelsi, fascinée, finit par oublier les tournants. Jack avait raison, pensa-t-elle, c'était merveilleux de retrouver la nature !

— Dites-moi, Kelsi, pourquoi aviez-vous tant besoin de recharger vos batteries ? Vous êtes surmenée ? Que faites-vous dans la vie, à propos ?

— Je crée des sites internet.

— Alors vous êtes assise devant votre ordinateur toute la journée ?

— A peu près. Et le pire, c'est que j'aime ça ! conclut-elle avec un sourire malicieux.

Pour tout commentaire, il se contenta de sourire à son tour, et une étincelle s'alluma dans ses yeux d'un bleu si pur. Quel incroyable regard il avait ! pensa Kelsi, fascinée. Il lui semblait qu'elle ne se lasserait jamais de se plonger dans ses insondables profondeurs…

Fort heureusement, il la ramena à la réalité en lui indiquant de tourner à droite en haut du petit col. Elle s'engagea avec précaution sur un chemin de terre qui descendait en pente douce vers la mer. Au bout de quelques centaines de mètres, ils arrivèrent à un parking où il n'y avait pas une voiture : la route finissait là, et presque aussitôt commençait la plage.

Pas une âme à l'horizon. C'était comme s'ils étaient au bout du monde, pensa-t-elle tout à coup. Elle et ce quasi-inconnu… Tout ça n'était pas très prudent, mais elle assumait…

Une fois hors de la voiture, Jack saisit le sac du magasin de sports et en sortit une sorte de bout de tissu qu'il lui tendit. Kelsi mit quelques instants à comprendre qu'il s'agissait d'un chapeau. Un horrible chapeau de soleil aux couleurs flashy.

— C'est pour vous, expliqua-t-il. Je voulais de l'écran solaire, mais ils n'en avaient pas.

Le chapeau était si laid qu'elle ne pensa même pas à le remercier de cette attention.

— Vous n'imaginez pas que je vais porter cette horreur ! protesta-t-elle, outrée.

Il haussa les épaules d'un air parfaitement indifférent.

— Faites comme vous voulez, fit-il, désabusé. Mais sans protection, vous aurez l'air d'un homard dans quelques heures. La luminosité est très forte ici.

Il avait raison, elle était bien obligée de le reconnaître. De mauvaise grâce, elle posa le chapeau sur sa tête.

— Ah, je vous ai pris ça aussi, ajouta-t-il en fouillant de nouveau dans le sac.

Joignant le geste à la parole, il lui posa une longue écharpe en voile de coton noir sur les épaules. Ses doigts lui effleurèrent la peau, un peu plus longtemps qu'il n'aurait fallu, et il lui sembla qu'une onde électrique la traversait. Si ce simple geste avait sur elle un tel effet, que se passerait-il s'il allait plus loin ? s'interrogea-t-elle, en proie à une soudaine fébrilité.

Mais elle se raisonna bien vite. Pourquoi se serait-il intéressé à elle ? Avec ses petits seins et ses vêtements informes, elle devait être l'antithèse des créatures superbes qu'il devait avoir l'habitude de fréquenter. Elle n'avait rien à craindre…

— Vous n'enlevez pas vos chaussures pour marcher sur la plage ?

— Sûrement pas ! répondit-elle. Je n'ai pas envie que toutes les bestioles enfouies dans le sable viennent me piquer !

Il lui lança un regard étonné.

— Vous n'aimez pas la mer ?

— J'aime la regarder, mais de loin.

Il semblait de plus en plus surpris.

— Quel dommage ! C'est tellement merveilleux de nager, de se rouler dans les vagues ! Vous devriez essayer le surf, ajouta-t-il. Il y a un club pas très loin où nous pourrions emprunter des combinaisons.

— Non merci, fit-elle, butée. Je n'y tiens pas. Imaginez qu'il y ait des requins !

— Il n'y a pas de requins par ici, mais peut-être aurons-nous la chance de voir des dauphins. Je vous imagine très bien chevauchant un dauphin, ajouta-t-il, taquin.

— C'est ça, et vous feriez le conducteur !

L'image était si drôle qu'ils éclatèrent tous les deux de rire. Kelsi sentit la pression en elle se relâcher soudain.

Pourquoi ne pas tout simplement profiter du moment, au lieu de refuser en bloc tout ce que Jack suggérait ? pensa-t-elle. De quoi avait-elle peur ? De qui ? Elle était une grande fille, tout à fait capable de mettre le holà s'il devenait trop entreprenant !

La plage de sable blanc, idyllique, était bordée d'un côté par des rochers. La mer scintillait à l'horizon et quelques voiliers avançaient lentement au loin, traçant leur route. Le soleil offrait sa douce chaleur, l'air ses revigorantes senteurs marines, et l'homme à son côté était la séduction même avec son corps d'athlète accompli, ses yeux d'azur, son sourire ravageur.

C'était le paradis… Pourquoi s'en priver ?

Une fois sur le rivage, il retira ses chaussures. Elle l'imita aussitôt, en parfaite contradiction avec ce qu'elle venait d'affirmer, mais ça lui était égal. Pour la première fois de sa vie, elle avait la sensation merveilleuse de faire corps avec la nature, d'être à sa place dans cet environnement vierge de toute présence humaine.

Le sable glissait délicieusement entre ses orteils et elle se demanda pourquoi elle avait toujours détesté cette sensation jusque-là. C'était comme si la seule présence de Jack à ses côtés modifiait sa perception du monde, exacerbait sa sensibilité, brisait ses tabous, libérait ses instincts primitifs.

Elle ne pensait plus ni aux coups de soleil, ni aux puces de sable, ni à toutes ces choses qui la révulsaient d'habitude. Avec Jack, tout avait un sens, depuis la plus infime créature nichée dans le sable jusqu'au reflux puissant des vagues, venu du fond des temps. Jamais elle ne s'était sentie autant en harmonie avec le monde extérieur, et par ricochet avec elle-même.

Oubliés, les ordinateurs, les sites Web, le monde virtuel faussement idéal des jeux informatiques ! Jack avait raison : la nature, si belle, agissait sur elle comme une force libératrice, lui ôtait le poids qui lui serrait la poitrine depuis qu'elle s'était levée, quelques heures auparavant, essayant de se préparer mentalement à cette journée de soins qu'elle redoutait tant.

Elle avança dans l'eau, heureuse de sentir les vagues lui lécher les pieds.

— Quelle est votre saison préférée ? demanda soudain Jack. L'hiver, non ?

Elle lui jeta un regard stupéfait. Comment avait-il deviné ? N'était-ce pas une preuve supplémentaire de l'incroyable alchimie qui était en train de se développer entre eux ?

— En effet, confirma-t-elle, troublée.

— J'en étais sûr ! C'est la mienne aussi, figurez-vous ! Je savais que nous serions sur la même longueur d'onde…

Ils échangèrent un sourire complice.

— Je suis dépendant de la neige pour le sport, expliqua-t-il, voilà pourquoi j'ai une relation si forte avec l'hiver.

— Alors que faites-vous en été ?

— Je me repose, quand je ne suis pas sur l'autre hémisphère pour retrouver le froid. En ce moment, c'est particulier, ajouta-t-il. Je viens de me faire opérer du genou et je dois partir en rééducation au Canada. Une vieille blessure… Dans quelques semaines, je pourrai reprendre l'entraînement.

Elle ne comprenait toujours pas ce qu'il faisait.

— Vous vous entraînez à quoi ? demanda-t-elle.

— Au snowboard.

— Pour vos loisirs ?

— Non, c'est mon métier.

— Vraiment ? s'exclama-t-elle, ébahie.

Il hocha la tête.

Tout s'expliquait, pensa-t-elle alors. Son corps incroyablement musclé, ses cheveux un tantinet trop longs délavés par le soleil, cette décontraction et cette assurance en lui. Il avait l'habitude de maîtriser les éléments, ce qui exacerbait l'aura de force virile et de puissance qui émanait de toute sa personne.

— Vous vous entraînez pour les jeux Olympiques ? demanda-t-elle, impressionnée.

— Les Jeux ne sont que dans deux ans, mais je m'entraîne aussi pour ça. Pour tout vous dire, j'ai de bonnes chances d'être le premier, si tout va bien. Je vise la médaille d'or…

— La médaille d'or ?

Elle vit à son regard qu'il ne plaisantait pas, et son admiration redoubla. Il n'avait pas l'air d'un fanfaron, et s'il disait qu'il pouvait gagner, c'était certainement vrai.

— Donc vous allez chercher la neige là où elle est, sur tous les continents en fonction des saisons…

— Oui. Vous avez déjà fait du snowboard ?

— Non.

— Du ski ?

— Non.

— Mais je croyais que vous aimiez l'hiver ! s'exclama-t-il, étonné.

Elle eut un sourire mutin qu'il trouva charmant.

— J'aime l'hiver quand je suis pelotonnée sur mon canapé devant un bon feu de bois et que je regarde la neige tomber au-dehors, avoua-t-elle.

— Je vois. C'est ce que je fais *après* une journée sur les pistes, moi ! rétorqua-t-il, amusé. Vous êtes plutôt du genre contemplative, c'est le moins que l'on puisse dire ! Mais je suis sûre que si on vous poussait un peu, vous adoreriez. Rien qu'aujourd'hui, vous avez déjà fait beaucoup de progrès ! Dois-je vous rappeler que vous refusiez de marcher pieds nus dans le sable ?

Il l'éclaboussa, mouillant le bas de sa robe.

— Il n'en faudrait pas beaucoup pour que vous acceptiez de vous baigner, assura-t-il.

— Vous croyez ?

Ils échangèrent un long regard, et le cœur de Kelsi se mit à battre la chamade.

Le message qu'elle lisait dans les yeux bleus de Jack était clair : c'était incroyable, mais il était intéressé par elle.

Par une sorte de miracle qu'elle ne s'expliquait pas, elle attirait cet homme séduisant. Que trouvait-il en elle ? s'interrogea-t-elle un instant, désarçonnée. Peut-être était-ce précisément parce qu'elle était si différente des autres qu'il avait envie de la séduire, juste une fois, pour changer ?

Alors, s'il voulait aller plus loin, pourquoi lui résister ?

Le soleil était à son zénith, une brise légère la caressait, l'eau délicieusement tiède lui léchait les pieds. La nature tout entière semblait l'accompagner dans cet élan primitif qu'elle sentait se libérer en elle.

Soudain, l'idée de se donner à Jack lui parut évidente, comme l'aboutissement d'un long processus, celui qui depuis la nuit des temps pousse un homme et une femme dans les bras l'un de l'autre.

— Vous avez mouillé ma robe, balbutia-t-elle, le souffle court.

— Le bas. Mais je peux faire beaucoup mieux si vous voulez..., enchaîna-t-il d'une voix rauque.

Ils se dévisagèrent longuement, sans parler. Dans leurs yeux brillait le même éclat, la même attente.

Les mots n'étaient plus nécessaires.

— Seulement si vous le voulez..., murmura-t-il en s'avançant vers elle.

3.

Il lui prit le menton entre les mains et plongea son regard dans le sien.

— Es-tu prête à te noyer avec moi ? demanda-t-il d'une voix sourde.

Bouleversée, elle fit oui de la tête, trop émue pour prononcer la moindre parole. Le désir affluait en elle avec une telle force, une telle impétuosité qu'elle aurait dit oui à tout ce qu'il proposait.

Elle se dressa sur la pointe des pieds et lui tendit ses lèvres. D'abord, il les effleura comme pour mieux attiser la flamme qui brûlait en elle, jusqu'à ce qu'elle l'enlace, éperdue, et plaque sa bouche contre la sienne avec avidité.

Il réagit avec autant de fougue qu'elle l'avait espéré. Avec une violence mal contenue, il la serra contre lui et prit possession de sa bouche. De sa langue audacieuse et experte, il la fouilla avec une telle ardeur qu'elle vacilla sous l'intensité des sensations, le souffle coupé. Puis, le premier choc passé, elle lui répondit avec la même passion et se laissa prendre au rythme effréné de ce baiser torride. Leurs dents s'entrechoquèrent, une vague de chaleur l'envahit, la laissant pantelante, et il lui sembla que c'était la première fois qu'on l'embrassait ainsi.

La puissance du désir que Jack éveillait en elle l'effrayait. Pourtant, depuis la première seconde où elle l'avait aperçu, se relevant après sa chute, si majestueux de virilité, elle savait qu'il ne ressemblait à aucun autre. Malgré tout ce qui les opposait, elle avait deviné qu'entre eux quelque chose d'extraordinaire pouvait arriver.

Et c'est exactement ce qui était en train de se produire.

— Kelsi…, murmura-t-il entre deux baisers, je pars au Canada demain.

Pourquoi penser au lendemain ? se dit-elle. La seule chose qui comptait était l'instant présent, cette rencontre improbable avec Jack qui débouchait sur une aventure aussi inattendue que merveilleuse.

— Jack, je me fiche de demain, balbutia-t-elle en le faisant taire d'un doigt sur la bouche.

Il protesta pour la forme, mais se remit à l'embrasser avec une ardeur renouvelée qui prouvait à quel point lui aussi avait tout à coup tout oublié du Canada…

Eperdus, toujours accrochés l'un à l'autre, ils ralentirent enfin le rythme de leur baiser.

Peu à peu Kelsi reprit conscience de la mer, du soleil, du vent, de tous ces éléments autour d'elle qui semblaient participer avec bienveillance à leurs ébats. Au milieu de cette nature vierge et splendide qui les accueillait si généreusement, ils n'étaient plus qu'un homme et une femme qu'un instinct primal destinait à s'unir.

Puis elle se lova contre lui, cherchant sa chaleur, son odeur sensuelle. Elle voulait tout connaître de son corps musclé, découvrir pas à pas chaque parcelle de sa peau mâle.

Il lui glissa un bras autour de la taille et la plaqua contre ses hanches. Il était déjà dur, prêt pour elle, réalisa-t-elle, comblée. Aussi prêt qu'elle l'était elle-même… Leurs bassins se mirent à bouger en cadence, mimant le rythme de l'amour dans une sorte de danse d'un érotisme fou, et leur souffle s'accéléra encore. Jack glissa un genou entre ses cuisses, cherchant avec impudeur le point sensible qu'elle lui réservait, et accentua légèrement la pression. Comme Kelsi se cambrait pour mieux s'offrir à sa caresse, il redoubla d'ardeur.

C'était si bon qu'elle laissa échapper un gémissement. Jack la garda contre lui quelques instants, le cœur battant à tout rompre, puis la lâcha. D'un rapide mouvement, il changea de position pour se placer derrière elle et lui passer un bras autour du ventre, l'autre autour des épaules.

Le corps en feu, Kelsi ne bougeait plus. Elle n'était plus qu'attente. Jack se pencha sur son cou et, délicatement, comme pour ralentir le tempo effréné de leur étreinte, parsema sa peau veloutée de myriades de baisers qui achevèrent de l'électriser.

Puis Jack fit glisser ses mains vers les cuisses de Kelsi. Avant même qu'elle se rende compte de ce qui se passait, il lui retira sa robe, qui tomba à terre.

Chancelante d'émotion, elle sentit ses jambes se dérober sous elle. Elle s'agenouilla sur le sable mouillé, l'entraînant avec elle.

Il était toujours derrière elle, la tenant bien serrée contre lui, et quand il l'emprisonna entre ses cuisses, elle ferma les yeux, bouleversée. Elle sentait son érection dans ses reins, son souffle chaud lui caresser la nuque. Elle aurait tout donné pour que ce moment fusionnel ne s'arrête jamais.

Il accentua encore sa pression et s'empara de ses seins menus, émerveillé de sentir leur douceur, leur souplesse. Il les caressa longuement, tandis qu'elle se laissait faire, docile. Puis, du pouce et de l'index, il titilla ses mamelons déjà durcis, insistant avec un art consommé, s'arrêtant juste au moment où le plaisir allait se transformer en douleur.

Elle se cambra pour mieux s'offrir à lui. Puis il abandonna ses seins et glissa vers son ventre plat, ses cuisses entrouvertes. Elle portait encore son string en dentelle noire qu'il écarta d'un geste pressé. C'est plus loin qu'il voulait aller, au cœur même de sa féminité.

Le souffle de Kelsi s'accéléra, un spasme la saisit quand il trouva le bouton secret qu'il cherchait, ce bouton caché déjà gonflé par le désir. Il la caressa d'une main experte, lui arrachant des râles de plaisir, sans cesser de jouer avec ses mamelons et d'embrasser la peau douce de sa nuque.

Les sensations étaient si multiples, si intenses, la fièvre si totale qu'elle ferma les yeux, éperdue. Son corps tout entier était en feu. De ses mains, de ses lèvres, de ses doigts, Jack attisait la flamme qui brûlait en elle avec une incroyable maestria, et elle voulait savourer chaque seconde de cette merveilleuse expérience.

Elle retourna brusquement la tête pour lui offrir sa bouche et il l'embrassa avec passion sans cesser de la caresser. Le plaisir, si aigu qu'il en était presque douloureux, la submergea en un violent orgasme qui la laissa pantelante.

Ils restèrent enlacés quelques instants, tandis qu'elle retrouvait avec peine sa respiration. Puis Jack se mit à lui effleurer l'intérieur des cuisses, en une caresse si douce qu'elle fondit de tendresse.

— C'est mieux pour se détendre qu'une journée au spa, tu ne trouves pas ? lui murmura-t-il à l'oreille.

L'émotion l'empêchait encore de parler. Pour toute réponse, elle se retourna et se lova contre lui, la tête sur son épaule.

Jamais elle n'avait vécu des sensations aussi intenses, pensa-t-elle, éperdue. Avec Jack, tout était beau, tout était pur, même les gestes les plus osés ! Aucun homme avant lui — mais elle n'en avait pas connu beaucoup — n'avait été aussi sensible à ses attentes, aux réactions de son corps, à ce qu'elle ne soupçonnait même pas en elle. Elle avait l'impression de découvrir l'amour physique grâce à lui, et lui serait éternellement reconnaissante de l'avoir révélée à elle-même.

Sous le regard de Jack qui la magnifiait, elle devenait une autre, une femme fière de son corps, capable de toutes les audaces, faisant fi des tabous.

Jack était un magicien…

Les yeux brillants, elle observa son visage aux traits virils.

Il l'admira à son tour, attendri par ses seins menus, très émouvants, ses mamelons qui pointaient fièrement sous son soutien-gorge de dentelle transparente qu'il n'avait même pas eu le temps de lui enlever…

Avec son corps mince et délié, ses longues cuisses fuselées, ses lèvres sensuelles, elle était plus sexy que la plus pulpeuse des femmes…

*
* *

Cette fois, ce fut elle qui le déshabilla. Elle le voulait nu, rien que pour elle. Avec des gestes rendus maladroits par l'impatience, elle lui enleva son T-shirt et, soudain mutine, caressa amoureusement les muscles de sa poitrine tout en jouant avec sa toison brune.

Elle le sentit frémir sous ses doigts.

— Tu me rends fou, Kelsi, murmura-t-il d'une voix sourde.

— Tu aimes ? demanda-t-elle presque timidement.

Pour toute réponse, il l'enlaça avec force et ils échangèrent de nouveau un baiser torride, comme s'ils ne pouvaient pas se rassasier l'un de l'autre.

C'était trop idyllique pour être vrai, pensa soudain Kelsi dans un éclair de lucidité. Cet endroit de rêve, cet homme éblouissant, cette passion charnelle, ce désir insatiable. Si c'était un rêve, elle n'en avait jamais fait de plus beau de toute sa vie…

Elle s'écarta de lui et commença à lui déboutonner son short, brûlant de lui donner autant de plaisir qu'elle en avait reçu. Il ne bougeait pas, soudain fébrile, savourant cette attente. Les rôles étaient inversés, et c'était très excitant de prendre ainsi l'initiative, pensa-t-elle.

Elle s'attaqua au dernier bouton avec détermination et libéra le sexe de Jack.

— Kelsi…, murmura-t-il d'une voix rauque en tentant de l'attirer à lui.

— Attends…

D'une main légère sur sa poitrine, elle le poussa et il s'allongea sur le sable. Alors, fascinée, elle admira son corps mâle, bouleversant dans tout l'éclat de sa virilité.

Il ferma les yeux. Le cœur battant à tout rompre, elle caressa son membre viril dressé pour elle. Puis, n'y tenant plus, elle se pencha et sa bouche prit tout naturellement le relais de ses mains.

Jack gémit et glissa les doigts dans ses cheveux, l'encourageant dans ses mouvements de plus en plus saccadés. La fièvre montait en eux, incontrôlable.

— Kelsi, arrête, balbutia-t-il d'une voix étranglée, ou il sera trop tard.

Elle leva la tête et le lâcha. Désormais, ils étaient prêts pour l'union ultime : rien ne pouvait plus stopper l'élan irrépressible qui les poussait l'un vers l'autre.

Ils échangèrent un regard grave, plein d'émotion, de joie, de promesses.

— Jack, prends-moi…

Cette supplique décupla le désir de Jack. Il l'attira sur lui, lui ôta son soutien-gorge et s'empara de ses seins. De sa bouche gourmande, il lécha ses mamelons l'un après l'autre puis les mordilla. Kelsi se cambra, les yeux clos.

Puis il lui retira son string, lui embrassa les seins, le ventre, et la fit s'allonger sur le lit. Alors il glissa encore plus bas, entre ses jambes, là où elle l'attendait. Kelsi s'ouvrit à lui et souleva le bassin pour mieux s'offrir à sa bouche.

Les minutes s'écoulèrent, uniques, infiniment précieuses.

Jack s'arrêta enfin et s'écarta pour mieux l'admirer. Elle s'offrit à son regard en toute impudeur. Ses poils pubiens étaient d'un roux presque orangé, comme ses cheveux, mais cette fois, sous les yeux de Jack, elle assumait pleinement cette particularité.

— J'adore cette couleur, murmura-t-il. J'adore tout de toi…

Après avoir pris un préservatif dans sa poche, il se débarrassa de son short qui rejoignit la robe sur le sable.

— J'ai eu envie de toi dès la première seconde où je t'ai vue…, dit-il d'une voix sourde en se protégeant. Et toi ?

— Moi aussi, avoua-t-elle d'une voix à peine audible.

Ils étaient nus à présent, visibles à des centaines de mètres à la ronde, mais elle n'en avait cure. Pourquoi aurait-elle eu honte de leurs corps, de cet acte merveilleux qu'ils s'apprêtaient à accomplir ? C'était si beau, si vrai !

Elle se serra contre lui et, glissant une cuisse entre ses jambes, ondula lascivement contre son sexe durci.

C'était plus que Jack ne pouvait en supporter : elle devait être à lui, tout de suite.

Il s'écarta d'elle et leurs regards se croisèrent, soudain graves. Après ce qui allait suivre, rien ne serait plus comme avant, comprit Kelsi, bouleversée. Même s'ils se quittaient dans quelques heures pour ne plus jamais se revoir, Jack l'aurait marquée à jamais.

Il entra en elle d'un coup, et elle l'accueillit comme si c'est lui qu'elle attendait depuis toujours sans même le savoir.

Alors, plus rien n'exista pour elle que le corps puissant de Jack contre le sien, son sexe imposant qui la possédait, le parfum enivrant de sa peau mâle, ses gémissements à peine étouffés.

La tension monta en eux, si forte qu'elle crut ne pas pouvoir la supporter. Le rythme de leur danse d'amour s'accéléra, les entraînant dans un véritable tourbillon de sensations, d'émotions, de partage.

La jouissance les saisit en même temps, les emportant à mille lieues de la plage, de la mer, vers des contrées où ils se suffisaient l'un à l'autre, où seul comptait le plaisir aigu qu'ils prenaient et donnaient.

Un même cri leur échappa. Puis, épuisés et comblés, ils retombèrent enfin dans les bras l'un de l'autre.

Longtemps, ils restèrent enlacés sur le sable immaculé, incapables de se séparer, comme s'ils voulaient prolonger jusqu'à la dernière seconde cette sensation infiniment précieuse de ne plus faire qu'un avec l'autre.

Enfin, presque à regret, Kelsi ouvrit les yeux.

Au-dessus d'elle, l'azur du ciel étincelait, sous elle le sable était d'une extrême douceur, la mer la rafraîchissait de son léger clapotis, et elle venait de connaître l'extase dans les bras d'un inconnu beau comme un dieu sur une plage magnifique.

C'était tout simplement le paradis.

— Merci, murmura-t-elle d'une voix à peine audible.

Il ouvrit les yeux à son tour, s'appuya sur un coude et fixa sur elle un regard brûlant.

Après l'amour, avec ses lèvres gonflées, ses yeux brillants, ses mamelons dressés, elle était d'une beauté à couper le souffle, pensa-t-il.

— C'est moi qui devrais te remercier, rétorqua-t-il avec un sourire attendri.

Il se pencha et lui déposa un baiser furtif sur l'épaule.

— On va se baigner ?

Elle se sentait si alanguie qu'elle préféra refuser d'un signe de tête. Elle ne savait même pas si elle serait capable de marcher après le tsunami qu'elle venait de vivre, alors nager !

Il se leva et, deux secondes plus tard, il piquait une tête. Son crawl était parfait, et elle l'admira un moment avant de se décider à se lever.

Après quelques pas, elle se retourna.

Les vagues avaient déjà effacé la trace de leurs deux corps sur le sable. C'était comme si rien ne s'était passé, songea-t-elle, le cœur serré. Personne ne saurait rien de leur aventure, mais le souvenir de cet après-midi resterait à jamais gravé dans son cœur.

Elle s'habilla comme elle le put. Par bonheur, seul le bas de sa robe était mouillé, et avec le soleil et le vent le coton sécherait vite. Jack la rejoignit et se vêtit à son tour.

— Alors tu pars t'entraîner au Canada ? dit-elle après un silence.

— Oui, demain, confirma-t-il. Jusqu'ici, j'ai travaillé en piscine pour récupérer, mais là je vais enfin remonter sur une planche.

Le Canada ! Dès le lendemain ! pensa Kelsi, la gorge serrée.

Dès le début, elle avait su qu'avec Jack ce serait une brève aventure, un intermède aussi merveilleux qu'éphémère, mais elle réalisait tout à coup avec horreur que dans quelques heures, quelques minutes peut-être, ils se sépareraient, et cette idée lui était insupportable.

Elle le suivit d'un pas hésitant. Elle ne voulait pas retrouver la réalité, la ville, la foule, laisser se briser le charme qui les liait encore l'un à l'autre.

Bouleversée, elle trébucha et Jack dut la rattraper par la main pour lui éviter la chute. L'expression douloureuse de son visage le frappa aussitôt.

— Kelsi ! s'exclama-t-il, que se passe-t-il ?

Elle ne répondit pas, mais il lut dans ses yeux une telle supplique qu'il l'attira à lui et la prit dans ses bras.

Ils s'embrassèrent aussitôt avec une frénésie douloureuse, avides de se toucher, de se humer, de profiter des quelques instants qui leur restaient.

Leur baiser se fit plus profond. Le désir montait en eux comme un raz-de-marée, incontrôlable. Le souffle court, Jack prit Kelsi dans ses bras et l'aida à s'asseoir sur le capot de la voiture. Elle ouvrit les jambes et il se serra contre elle, en proie à une fièvre impossible à maîtriser.

Elle lui entoura les épaules de ses bras en cherchant sa bouche.

— Il ne faut pas, Kelsi, murmura-t-il. Je n'ai pas d'autre préservatif...

Elle glissa la main dans l'échancrure de son T-shirt et se mit à le caresser amoureusement. Par miracle, il trouva la force de l'en empêcher.

— Non, Kelsi, non...

Déchiré, il perçut son expression désespérée. Jamais il ne s'était trouvé face à un tel dilemme. Il n'avait ni la force de résister à Kelsi, ni l'envie de refouler ses pulsions. Cette femme l'avait ensorcelé, et il n'aurait pas de paix tant qu'il ne lui aurait pas fait l'amour de nouveau. Cette expérience sur la plage était l'aventure la plus érotique qu'il ait jamais connue, et il brûlait toujours de désir pour elle.

Et pourtant, il devait être raisonnable. Il n'avait pas prévu d'avoir un enfant avant au moins une bonne dizaine d'années !

— Non, Kelsi, je t'en prie, ne me tente pas. J'en ai autant envie que toi, mais…

Il lui caressa la joue tendrement, et elle s'apaisa peu à peu. Elle avait vécu un rêve, et tous les rêves avaient une fin, se dit-elle, le cœur serré.

Des nuages venus de nulle part cachèrent tout à coup le soleil, et Kelsi réprima un frisson. Le rêve était fini.

Jack avait raison, tenta-t-elle de se convaincre. Leur aventure arrivait à son terme. Demain serait un autre jour, et il faudrait qu'elle apprenne à penser à lui au passé.

— Il faut rentrer, insista-t-il. Un grain se prépare.

Elle garda le silence, comme égarée.

Il lui frotta l'épaule pour la réchauffer et l'entraîna vers la voiture.

— C'est moi qui vais conduire, annonça-t-il.

Elle était épuisée, autant physiquement qu'émotionnellement. Bercée par le ronronnement du moteur, elle s'endormit quelques minutes après leur départ.

Jack lui jeta un long regard. Comme elle semblait vulnérable, ainsi assoupie ! Et si charmante ! Et pourtant, elle ne ressemblait en rien aux femmes qui attiraient d'ordinaire son attention…

Sous ses dehors rebelles, voire provocateurs, elle était en fait d'une sensibilité à fleur de peau, comme il s'en était rendu compte juste après l'accident. Il lui avait fallu tous ses efforts pour la rassurer, l'apaiser. Et quand elle avait enfin compris qu'il était indemne et accepté de le suivre sur la plage, elle était devenue une autre, s'offrant à lui avec une générosité et une ardeur qu'il n'avait jamais connues chez aucune femme.

Aussi devait-il se montrer prudent, pensa-t-il. Kelsi faisait partie de ces femmes vulnérables aux réactions difficiles à anticiper qu'il fallait ménager.

Ce qu'ils avaient vécu était extraordinaire, mais il fallait tourner la page : il ne voulait pas la blesser, lui faire croire des choses qui n'existaient pas.

Malgré son envie de passer avec elle sa dernière nuit avant son départ, il en resterait donc là.

— Où habites-tu ? lui glissa-t-il quand ils furent en ville.

Elle lui donna son adresse et il prit la direction de son appartement. Mieux valait ne pas prolonger leur tête-à-tête, car il avait de nouveau envie d'elle.

— Je peux te déposer sur le chemin, suggéra-t-elle d'une voix blanche.

— Merci. Je vais marcher, ce sera un bon exercice pour mon genou.

Si elle le laissait devant son hôtel, il savait très bien ce qui se passerait : il ne résisterait pas à la tentation de lui proposer de monter avec lui dans sa chambre pour une ultime étreinte…

Elle n'insista pas et retomba dans le silence. Comment parler alors qu'elle avait l'impression qu'une boule lui bloquait la gorge ?

— Belle bâtisse…, fit observer Jack en s'arrêtant à l'adresse indiquée.

La maison, en briques rouges, avait un charme suranné avec ses encadrements de fenêtres sculptés et ses balcons de fer forgé. Dans ce quartier rénové, seule rescapée d'un temps révolu, elle était probablement promise elle aussi à la démolition, pensa-t-il.

— Elle a été divisée en quatre appartements, expliqua Kelsi d'une voix qui par miracle ne tremblait pas.

Jack sortit de la voiture, en proie à une nervosité grandissante. Il avait toujours détesté les adieux, et cette fois ce serait pire que jamais.

Kelsi sortit à son tour et lui fit face. Sans un mot, elle avança vers lui et le regarda dans les yeux.

— Tu avais raison, Jack, murmura-t-elle. Je ne regrette pas d'avoir relevé ce défi. Merci.

Puis elle lui tourna le dos et se dirigea vers la porte d'entrée.

Il hocha la tête, incapable de parler, incapable même de l'embrasser.

Elle lui disait adieu, pensa-t-il, blessé, en la regardant s'éloigner. Sans autre forme de procès. Sans même évoquer le fait qu'ils pourraient peut-être se revoir. Comme si elle n'en avait rien à faire.

Peut-être était-elle plus insensible qu'il ne le pensait ? Peut-être aurait-il pu s'autoriser cette dernière partie de jambes en l'air à laquelle il rêvait…

Une fois en haut des marches, elle se retourna.

— Bonne chance pour ton entraînement ! lança-t-elle avec un sourire crispé.

Un instant, il eut envie de se précipiter vers elle, de la serrer contre lui et de l'embrasser à en perdre le souffle, mais elle avait déjà disparu derrière la porte.

Alors, en proie à un soudain désarroi, il s'éloigna sans insister.

Il venait de passer un moment merveilleux avec une femme qu'il ne reverrait jamais, comme cela lui était arrivé des dizaines de fois sans provoquer en lui le moindre état d'âme.

Alors d'où lui venait ce sentiment étrange de laisser derrière lui une part de lui-même en quittant Kelsi ?

4.

Cela lui prit à peine quelques secondes.

D'abord, elle tapa « Jack », ensuite « snowboard », ensuite « Nouvelle-Zélande ».

Jack Greene : il y en avait des pages et des pages…

Il n'était pas seulement un champion sportif, mais aussi un homme d'affaires avisé et couronné de succès, et même mannequin à ses heures pour des marques de sportswear connues.

De plus, il possédait l'hôtel le plus huppé de la station de ski à la mode où résidaient acteurs de cinéma et mannequins quand ils étaient en visite en Nouvelle-Zélande, ainsi que, simple détail, une chaîne de magasins de sport.

C'était précisément l'enseigne de celui où il lui avait acheté chapeau, foulard et baskets, et elle comprenait à présent pourquoi rester garé devant la boutique tout l'après-midi ne lui avait pas posé problème : il n'était rien moins que le patron…

Photos et vidéos étaient disponibles par dizaines, et Kelsi, fascinée, passa un long moment à visionner ses exploits sur les pentes. C'était un incroyable athlète, qui semblait ne pas connaître le sens des mots « peur » et « danger »…

Et puis il y avait les femmes, beaucoup de femmes…

Elles lui avouaient leur amour dans son fan-club, s'inscrivaient pour recevoir une photo dédicacée, semblaient tout savoir de lui.

Sur sa page Facebook, on le voyait en charmante compagnie, entourée de jolies filles aux sourires éclatants et à la poitrine avantageuse qui prenaient fièrement la pose, accrochées à son bras. Des filles dont il était clair qu'elles ne souhaitaient qu'une chose : qu'il leur fasse la grâce de leur accorder une nuit, à l'instar d'une rock star qui choisit la plus sexy dans la foule de ses admiratrices.

Pourquoi un homme aussi convoité que lui s'était-il intéressé à elle ? s'interrogea-t-elle de nouveau, perplexe. Parce que ça l'amusait de séduire une femme peu habituée à attirer les regards ? Parce qu'il avait un après-midi à tuer avant son départ pour le Canada, et qu'elle s'était tout simplement trouvée là ?

Au moment de le quitter, elle avait dû fournir un effort surhumain pour ne pas le supplier de la suivre chez elle et lui faire l'amour une dernière fois, mais elle se félicitait d'avoir tenu bon.

Probablement était-il déjà passé à autre chose, songea-t-elle le cœur serré en découvrant un cliché où il apparaissait en short de bain, éclatant de virilité et de puissance, un sourire séducteur aux lèvres. A une autre femme…

Elle éteignit son ordinateur d'un geste rageur.

Il était temps de dormir, ou tout au moins d'essayer…

Le lendemain matin, elle pensa à Jack dès qu'elle ouvrit les yeux et sentit la tristesse s'abattre sur elle. Après avoir essayé de se persuader que leur aventure était un rêve, ou du moins que c'est ainsi qu'elle devait la garder à la mémoire, elle réalisa que c'était impossible. Comment aurait-elle pu ? Son corps vibrait encore du souvenir de ses caresses, sa peau portait la trace de ses baisers, lui rappelant si besoin était le manque on ne peut plus réel qu'elle avait de lui !

Elle se prépara à contrecœur et, une fois au bureau, s'assit devant son ordinateur sans le moindre enthousiasme. Pour la première fois de sa vie, elle n'avait pas envie de travailler…

— Salut, Kelsi, tu es toute bronzée ! s'exclama Tom. Tu as fait des UV au spa ?

— Non, mais j'ai pris un peu le soleil après, improvisa-t-elle en se sentant rougir.

Et j'ai surtout passé l'après-midi nue sur la plage à faire l'amour, ajouta-t-elle en son for intérieur.

Fort heureusement, Tom ne remarqua pas son malaise.

— Quels soins as-tu choisis ? poursuivit-il.

— Une sorte de gommage au sable, bafouilla-t-elle, au supplice.

Tom ouvrit de grands yeux étonnés.

— Je ne savais même pas que ça existait ! s'écria-t-il. En tout cas, c'est une super idée ! Je vais offrir ça à ma petite amie pour son anniversaire.

Elle eut la force de sourire, mais jamais elle ne s'était sentie aussi désespérée.

Plus elle réfléchissait, plus elle réalisait qu'elle était tombée comme une oie blanche dans les filets du séducteur professionnel qu'était Jack Greene.

Exactement comme sa mère. A croire que c'était héréditaire !

Son père, insatiable coureur de jupons, avait trompé sa mère dès le début de leur mariage. Elle lui avait pardonné plusieurs fois, dans l'espoir de le voir se stabiliser, mais même la naissance de Kelsi n'y avait rien fait. Il avait fini par quitter définitivement femme et enfant pour épouser en secondes noces une femme qui avait déjà la petite fille blonde aux yeux bleus dont il avait toujours rêvé. Et Kelsi s'était retrouvée doublement abandonnée.

Jack, lui, était un aventurier habitué à relever les défis, sur les pentes enneigées comme dans un lit. Elle n'avait été qu'un numéro sur une liste sans doute très longue, proie d'autant plus intéressante qu'elle ne connaissait rien aux jeux de la séduction.

D'ailleurs, pourquoi lui en aurait-elle voulu ? Il ne lui

avait rien promis, rien laissé espérer. Elle s'était donnée à lui de son plein gré, il n'avait pas profité d'elle.

Elle n'avait qu'à assumer, maintenant.

Les jours s'écoulaient, monotones.

Aspirateur en main, Kelsi nettoya sa voiture avec acharnement pour tenter d'effacer la trace de son après-midi sur la plage, et pas un seul grain de sable ne lui résista. Mais vider sa mémoire était une autre affaire…

Elle ne cessait de penser à Jack, elle croyait l'apercevoir à chaque coin de rue, le revoyait dans l'eau, puis nu au-dessus d'elle, la pénétrant. Elle se remémorait chacune de ses caresses, chacun de ses sourires. C'était insupportable.

Elle essaya de se tuer de travail, sans résultat.

Elle essaya de se convaincre qu'elle pourrait s'intéresser à d'autres hommes pour tenter d'oublier Jack, sans plus de résultats.

Rien ne semblait diminuer l'emprise qu'il avait sur elle…

Trois semaines après leur rencontre, elle gara sa voiture devant son appartement après une journée de travail particulièrement dense. Comme toutes les nuits depuis ce jour fatal, elle avait mal dormi, et la fatigue s'accumulait. Elle finirait par craquer, elle le savait, mais elle n'en avait cure.

Elle reconnut aussitôt l'homme assis sur les marches du perron, et stoppa net, saisie de stupeur.

Jack…

Que faisait-il là ?

Il portait un jean, et une chemise blanche qui accentuait son hâle, une barbe naissante dessinait son menton carré, et l'aura de virilité sensuelle qui émanait de toute sa personne la bouleversa.

— Salut, Kelsi ! lança-t-il en venant à sa rencontre.

— Jack…, murmura-t-elle d'une voix étranglée tandis que ses jambes se dérobaient sous elle. Quelle surprise…

— J'avais envie de te voir.

Elle n'osa pas lui demander pourquoi. Il était en face d'elle, bien vivant, plus viril et séduisant que jamais, et elle ne voulait pas qu'il parte. Peu lui importait la raison de sa visite.

— Tu veux rentrer prendre un café ? s'entendit-elle lui proposer d'un ton incroyablement dégagé.

Jack acquiesça de la tête et la suivit sans un mot.

Elle était vêtue d'un pull en lamé sur une tunique frangée longue et d'une jupe à triple volants en dentelle noire et, dans ce bizarre accoutrement, elle lui parut plus attirante que jamais. Sous son bonnet en crochet, on apercevait ses mèches blondes en désordre…

Pour lui, elle était un mystère, tant elle différait des femmes qu'il avait connues jusque-là, et c'est justement pourquoi il ne parvenait pas à l'oublier.

Elle ne paraissait d'ailleurs pas très émue de le revoir, et c'était un euphémisme…

Comme il la regardait tourner la clé dans la serrure de ses longs doigts fins, l'image de ces mêmes doigts jouant avec son sexe afflua à sa mémoire, lui coupant le souffle.

Jamais une femme ne l'avait mis tant un tel état d'excitation, pensa-t-il. S'il ne s'était pas contenu, il l'aurait plaquée contre le mur et lui aurait fait l'amour sur-le-champ, comme un adolescent à ses premiers émois.

Il fallait qu'elle soit à lui encore une fois, et ensuite il passerait à autre chose. Elle occupait toutes ses pensées, et cela l'inquiétait. Il n'avait pas pour habitude de se laisser distraire du sport par une femme, et c'est précisément pour clore le sujet qu'il était là. Après quelques heures au lit avec elle, il se rendrait compte qu'elle n'avait rien d'exceptionnel, et elle cesserait de l'obséder.

Il pénétra à sa suite dans son petit appartement et tenta de s'intéresser à ce qu'il voyait pour ne pas se jeter tout de suite sur elle. D'ailleurs, comment aurait-elle réagi ? Il n'en avait pas la moindre idée, tant elle semblait distante, presque méfiante tout à coup. Mieux valait ne pas précipiter les choses.

L'appartement était à l'image de son occupante : Kelsi aimait la peinture abstraite, les livres qu'elle avait en quantité, les couleurs vives (elle avait peint un mur en rose vif et l'autre en jaune canari) et les objets les plus étonnants, comme ce cheval à bascule rescapé d'un manège ancien sur la tête duquel elle entassait ses étranges chapeaux.

— Qu'est-ce que c'est ? demanda-t-il en se plantant devant un grand cadre vide accroché au-dessus d'un vieux canapé en cuir.

— Tu vas voir, répondit-elle en souriant.

Elle dévoila un projecteur dissimulé sous la table basse et l'alluma. Aussitôt s'inscrivirent dans le cadre des reproductions de tableaux avant-gardistes, tous plus étonnants les uns que les autres, qui défilèrent sur le mur blanc.

— Tu vois, j'ai mon petit musée personnel, expliqua-t-elle.

— En effet. Je vois surtout que tu es amatrice d'art.

— J'ai étudié l'histoire de l'art.

Il jeta un coup d'œil sur un immense oiseau peint à même un mur, évocateur d'évasion et d'infini.

— C'est toi qui l'as peint ?

— Oui. Je peux le regarder pendant des heures. Je m'imagine que je vole à sa suite… C'est bien d'introduire un peu de mystère dans le quotidien, non ?

Il resta silencieux.

Le mystère, c'était elle, pensa-t-il, et plus il la côtoyait, plus ce mystère lui semblait impénétrable…

Il la dévisageait avec une intensité qui fit battre son cœur à tout rompre. Elle rêvait de se jeter dans ses bras, mais devait avant tout comprendre la raison de sa visite.

— Pourquoi es-tu là ? murmura-t-elle d'une voix à peine audible.

— Parce que j'avais besoin de savoir si tu existais vraiment ou si j'avais rêvé…

Leurs regards se croisèrent, et Kelsi sentit un frisson la parcourir.

— Tu vois, j'existe, rétorqua-t-elle en luttant contre l'émotion qui l'envahissait.

Cette fois, elle était bien décidée à garder ses distances, à lui montrer qu'il ne lui suffisait pas d'un sourire ravageur pour lui faire perdre tous ses moyens.

Elle n'attendit pas sa réponse.

— Comment s'est passé ton voyage ? demanda-t-elle, soucieuse de revenir sur un terrain moins dangereux. Ton entraînement ?

— Pas très bien. Ce qui explique mon retour prématuré. J'ai besoin d'un peu plus de rééducation avant de remonter sur une planche. Et toi ? Tu vas bien ?

— Bien. Sauf qu'à cause de toi, j'ai trois taches de rousseur en plus ! La faute à notre après-midi sur la plage…

Il sourit, soulagé.

— Ah, j'aime mieux ça ! s'exclama-t-il. Pendant un instant, j'ai pensé à des conséquences autrement plus graves…

Elle fronça les sourcils.

— Plus graves ? A quoi fais-tu allusion ?

— Eh bien… j'ai cru que tu allais m'annoncer que tu étais enceinte, expliqua-t-il, mal à l'aise.

Kelsi sourit, mais bientôt son sourire s'effaça de ses lèvres. Elle avait été si perturbée ces dernières semaines, s'était tellement étourdie de travail, qu'elle n'avait même pas pensé à cet aspect pourtant bien réel de sa relation avec Jack.

Quand avait-elle eu ses règles pour la dernière fois ? s'interrogea-t-elle, pétrifiée.

— Kelsi ? Tu es enceinte ? lança Jack d'une voix blanche.

Elle fut incapable de répondre.

— Voyons, Kelsi, ça fait un mois, maintenant. Tu devrais savoir où tu en es, n'est-ce pas ? reprit-il, inquiet.

Elle cherchait désespérément dans sa tête, sans résultat. Elle n'avait jamais été très vigilante sur le sujet, et lors de ses rares aventures sentimentales, avait toujours pris la pilule. Avec Jack, tout avait été si soudain qu'il n'en avait bien sûr pas été question.

Jack commençait à envisager le pire.

— J'ai utilisé un préservatif, rappela-t-il d'une voix blanche.

— Je sais, balbutia-t-elle. Mais peut-être y a-t-il eu un problème…

Il se remémora leurs ébats passionnés, dans l'eau et sur la plage… Et avec un seul préservatif, qu'ils avaient mis à rude épreuve. Ils avaient pris des risques, c'était évident.

— Non, souffla-t-il. Rappelle-toi. Tu es restée sur le sable, et je suis allé me baigner.

Elle sentit une boule se former dans sa gorge. Ils se dévisagèrent en silence dans une atmosphère de plus en plus tendue.

— Viens, déclara Jack d'un ton qui n'admettait pas de réplique. Nous allons acheter un test de grossesse. Il n'y a plus que ça à faire pour en avoir le cœur net.

Elle était dans un tel désarroi qu'elle ne s'offusqua même pas de son ton directif.

La pharmacie était au coin de la rue. Par sécurité, Jack acheta deux tests de marque différente. Kelsi le regarda faire sans ouvrir la bouche, comme si elle était étrangère à ce qui se passait.

Dix minutes plus tard, ils étaient de retour à l'appartement. Jack la suivit sans même y avoir été invité, mais elle ne s'en formalisa pas. Cette fois, il était concerné au premier chef… Le cœur battant à tout rompre, elle s'isola dans la salle de bains et suivit les consignes indiquées sur la boîte.

D'une main tremblante, elle observa la bandelette. « En quelques secondes, en fonction de la couleur, vous saurez si vous êtes enceinte », assurait le prospectus.

Kelsi compta jusqu'à dix, et bientôt la bandelette devint bleue. Aucun doute, elle était enceinte…

Cette nouvelle aurait rempli de joie la plupart des femmes. Kelsi, elle, restait prostrée. Jamais elle n'avait songé à avoir un enfant.

Non seulement cette grossesse n'était pas désirée, mais elle était le résultat d'une relation de passage avec un homme qu'elle ne connaissait pas et qui ne semblait pas plus qu'elle prêt à devenir parent.

Non, c'était impossible ! pensa-t-elle, atterrée.

Il s'agissait sûrement d'une erreur. Elle n'avait pas dû bien utiliser le test.

Heureusement, il y avait le deuxième, qui allait la rassurer.

Plus morte que vive, elle ouvrit la boîte…

5.

Jack tambourina sur la porte.

— Kelsi ! s'écria-t-il, inquiet. Qu'est-ce que tu fais ? Ouvre-moi donc !

Seul le silence lui répondit. Le silence qui s'était abattu sur l'appartement depuis une bonne dizaine de minutes.

Quelque chose ne tournait pas rond, pensa-t-il. Peut-être avait-elle eu un malaise ? Elle lui avait paru si pâle, si fragile quand il était arrivé !

— Kelsi ! Ouvre, ou je défonce la porte !

Il était prêt à mettre sa menace à exécution, et elle dut le sentir au ton déterminé de sa voix car elle lui ouvrit quelques secondes plus tard.

Son visage était défait, son teint blême.

Mauvais signe, pensa Jack. *Très mauvais signe.*

Brusquement, il ressentit pour elle une infinie compassion.

— Ne t'en fais pas, murmura-t-il, ça va aller.

Qui essayait-il de convaincre ? pensa-t-il. Elle ou lui ? Les deux, vraisemblablement ! Car si ce qu'il supposait était vrai, ça n'allait pas aller du tout !

Elle passa devant lui sans un mot. Puis elle se laissa tomber sur le canapé et se prit la tête dans les mains.

— Le test est positif, murmura-t-elle d'une voix à peine audible.

Il accusa le coup.

— Tu as fait les deux ? lança-t-il avec le fol espoir qu'il s'agissait peut-être d'une erreur.

— Oui. Positifs tous les deux.

Jack la regarda sans la voir. Sa vie venait de basculer, et il ne s'en rendait pas encore compte.

Etait-ce parce qu'il sentait intuitivement qu'elle pouvait porter son enfant qu'il n'avait cessé de penser à elle depuis qu'il l'avait quittée ? se demanda-t-il soudain.

Non, bien sûr ! Il pensait à elle parce qu'il l'avait dans la peau ! Ce n'était qu'une question d'hormones, d'alchimie physique, et sans cette incroyable nouvelle elle serait sortie de son existence dès que la lassitude sexuelle se serait installée entre eux…

Etait-elle au courant ? L'idée, affreuse, qu'elle savait et n'avait pas eu l'intention de le lui dire le traversa un instant, mais il l'écarta aussitôt. Son expression défaite, son évident état de choc ne trompaient pas : elle était aussi sonnée que lui par la nouvelle.

Il tenta de recouvrer ses esprits, de prendre du recul. Ce qu'il venait d'apprendre était un véritable coup de tonnerre, mais il allait réagir. Ses proches avaient toujours loué sa capacité à trouver des solutions à tout problème : c'était le moment de se montrer à la hauteur de sa réputation, même si à cet instant il ne voyait absolument pas comment aborder la question.

Il réalisa tout à coup qu'il avait oublié de s'assurer de l'essentiel.

— C'est moi le père ? murmura-t-il.

Elle se figea.

— Evidemment !

Il comprit qu'il l'avait heurtée. Mais comment aurait-il pu éviter cette question ? Curieusement, alors qu'il ne savait rien de sa vie amoureuse, pas un instant il ne mit en doute sa réponse.

— J'assumerai mes responsabilités, ajouta-t-il aussitôt. C'est moi qui…

— J'étais d'accord, l'interrompit-elle. Je n'ai rien à te reprocher.

Le silence tomba de nouveau, terriblement pesant. Kelsi, la tête toujours dans ses mains, regardait le plancher. Jack, lui, fixait le plafond comme s'il pensait y trouver la solution à son problème.

— Puis-je te poser une question ? demanda-t-il tout à coup d'une voix tendue.

— Oui, dit-elle en relevant la tête.

— Si je n'étais pas venu aujourd'hui, m'aurais-tu mis au courant ?

Le cœur de Kelsi se serra. Comment pouvait-il penser un instant qu'elle n'aurait pas voulu le prévenir ? Avait-il une si mauvaise opinion d'elle ?

— Oui, répondit-elle. Bien sûr…

Elle se dirigea vers la fenêtre et se plongea dans la contemplation de la rue, en proie à une nervosité grandissante. Elle devait à tout prix se reprendre, ne pas laisser Jack la déstabiliser par ses questions perfides ! pensa-t-elle en tentant de maîtriser son affolement.

Probablement était-il encore plus atteint qu'elle par cette nouvelle, ajouta-t-elle en son for intérieur.

Qu'est-ce qu'un champion comme lui qui passait son temps à parcourir les continents à la recherche des meilleures pistes, qui ne pensait que classements, entraînement et médailles d'or, qui faisait la fête avec ses admiratrices, ferait d'un enfant ?

Rien, bien sûr ! Dans ces conditions, elle préférait qu'il sorte de sa vie. Elle ne voulait pas d'un père absent et indifférent comme l'avait été le sien, d'un compagnon infidèle qui la ferait souffrir comme son père avait fait souffrir sa mère.

Elle ignorait encore comment elle allait gérer la situation, mais savait déjà qu'elle n'aurait aucun scrupule à se passer de Jack.

D'un coup, elle fit volte-face, décidée à mettre les choses au point sans plus tarder.

— Sache que je ne regrette rien de ce qui s'est passé entre nous sur la plage, et que j'assume ce que j'ai fait, commença-t-elle. Mais là n'est pas la question. J'ai besoin de réfléchir avant de prendre ma décision.

Il leva un sourcil.

— Ai-je un droit de regard sur *ta* décision ? demanda-t-il d'un ton acide.

— Non, rétorqua-t-elle d'un ton brusque. Tu ne me connais pas. Tu ne sais même pas quelles solutions j'envisage. Alors ça ne servirait à rien…

Il serra les poings, furieux. Elle le mettait purement et simplement à l'écart du problème, alors qu'il était le père de l'enfant qu'elle portait ! C'était insensé !

— Dans ce cas, je suggère que nous fassions connaissance, et vite !

Kelsi lui lança un regard chargé d'animosité qui ne sembla pas l'impressionner.

— Je reste, Kelsi, que ça te plaise ou non, reprit-il d'un ton radouci. Je n'ai pas l'habitude de fuir devant les problèmes. Nous allons trouver une solution. Tous les deux.

La fatigue et l'émotion submergèrent tout à coup Kelsi. C'était trop à gérer, pensa-t-elle. Elle ne savait plus où elle en était. Ce qui lui arrivait était si compliqué qu'elle avait besoin de se retrouver seule avec elle-même pour réfléchir.

— En tout cas, pas question qu'on se marie ! lança-t-elle avec une agressivité mal contrôlée.

Au regard surpris qu'il lui lança, elle comprit trop tard que pas un instant il n'avait envisagé cette hypothèse. Elle aurait voulu pouvoir rentrer dans un trou de souris tant elle se sentait ridicule.

— Je n'avais pas l'intention de te le proposer, fit-il observer d'un ton posé qui ajouta encore à son trouble.

— Tant mieux, fit-elle d'un ton brusque. Il y a d'autres solutions aujourd'hui en cas de grossesse non désirée, heureusement. Car c'est bien de ça qu'il s'agit : j'ai une carrière à construire, je travaille beaucoup, je…

— Tu n'as pas à te soucier de l'aspect matériel des choses, coupa-t-il avec douceur. Il est évident que je subviendrai à tes besoins et à ceux de l'enfant.

Elle le regarda comme s'il l'avait insultée.

— Il n'en est pas question ! protesta-t-elle d'une voix étranglée. Je ne te demande rien. Je me débrouillerai.

Il eut soudain une idée affreuse.

— Ne me dis pas que tu envisages de te débarrasser du bébé ! s'exclama-t-il d'une voix blanche.

— Non, ça, jamais, balbutia-t-elle.

La question de Jack la renvoyait douloureusement à son histoire personnelle. Elle n'avait pas été désirée, et pourtant pas un instant sa mère n'avait envisagé d'interrompre sa grossesse, malgré les difficultés matérielles auxquelles elle était confrontée. Elle avait toujours fait preuve de courage dans l'adversité, forçant l'admiration de sa fille.

Il n'était donc pas question pour Kelsi de fuir ses responsabilités : elle aurait ce bébé, et elle l'aimerait, quel que soit le contexte dans lequel il viendrait au monde.

Jack lui lança un long regard, perçut sa vulnérabilité, son désarroi. L'espace d'un instant, il eut envie d'aller vers elle, de la prendre dans ses bras et de la bercer comme on berce un enfant. Mais il n'en fit rien. Se laisser gagner par l'émotion ne l'aiderait pas à avancer.

— Nous allons gérer, tu verras, se contenta-t-il d'affirmer avec calme.

Elle se passa la main sur le front : elle était à bout.

— Arrêtons là cette discussion, Jack, murmura-t-elle dans un souffle. Je suis fatiguée, j'ai besoin d'être seule.

— As-tu l'intention d'en parler à tes proches ? A ta mère ? hasarda Jack.

Une lueur douloureuse assombrit le regard de Kelsi. Sa mère allait tomber de haut, elle qui l'avait toujours prise pour une fille responsable qui gérait en adulte sa vie et sa carrière. L'idée de la décevoir la dévasta. Comment allait-elle lui expliquer qu'elle avait fait un enfant avec un homme rencontré le matin même et dont elle ne connaissait même pas le nom ? Elle préférait ne pas y penser.

— Non, plus tard, dit-elle, volontairement évasive.

Elle avait l'air si triste qu'il avança la main pour lui caresser la joue, mais elle se dégagea aussitôt.

— Ne me touche pas ! balbutia-t-elle, au supplice.

Il n'insista pas. Elle était nerveuse, sur la défensive. D'ailleurs lui aussi se sentait dans un drôle d'état.

— Tu es à bout, constata-t-il. Il faut que tu reprennes des forces. Tu n'as pas dîné, je parie.

— Je n'ai pas faim.

Lui non plus, mais c'était un bon prétexte pour ne pas la quitter.

— Je vais nous chercher quelque chose à manger. On en a besoin tous les deux. A tout de suite.

Tout en marchant vers le supermarché au coin de la rue, il ressassait mille pensées dans sa tête. Il allait être père, alors qu'il avait toujours refusé tout engagement, toute responsabilité ! Il était aussi peu préparé à ce rôle qu'on pouvait l'être…

Il aimait sa liberté, cette impression que tout était toujours possible, que ce soit au plan sentimental ou professionnel. Et son seul intérêt pour l'instant, c'était sa carrière, une carrière dans laquelle la paternité n'avait pas de place.

Alors pourquoi ne supportait-il pas de se sentir exclu ? Il aurait dû se réjouir que Kelsi cherche à le tenir à l'écart, le dédouanant ainsi *de facto* de toute responsabilité…

Et pourtant, c'est tout le contraire qui se produisait : il refusait de s'effacer, de la laisser prendre en charge seule cet enfant. Etait-il mû par un simple instinct de contradiction, ou éprouvait-il contre toute attente le désir d'assumer son rôle de père ?

En tout cas, il était bien décidé à faire en sorte que, quelle que soit la solution choisie, cet enfant vive dans des conditions matérielles décentes. Kelsi devrait accepter son argent, de gré ou de force.

Et devrait l'accepter comme le père qu'il était… ou aspirait à être.

Il songea brusquement que dans huit mois environ, Kelsi accoucherait, et cette pensée provoqua en lui un élan de panique. Pourvu que tout se passe bien ! Il nourrissait vis-à-vis de tout ce qui touchait à la naissance une angoisse qui s'expliquait hélas trop bien : sa propre mère était morte en couches quelques heures après l'avoir mis au monde, laissant un orphelin et un veuf inconsolable.

Mais c'était une autre époque, tenta-t-il de se convaincre. A l'heure actuelle, les femmes accouchaient en toute sécurité, et il veillerait à ce que Kelsi soit prise en charge par les meilleurs médecins, dans les meilleurs établissements.

Vingt minutes plus tard, il regagnait l'appartement de Kelsi avec deux plateaux de sushis. La marche ne l'avait pas détendu, bien au contraire. Il n'avait cessé de ressasser de sombres pensées, persuadé qu'il ne parviendrait pas à trouver un terrain d'entente avec Kelsi.

L'estomac noué, ni l'un ni l'autre ne touchèrent aux sushis…

Assis de part et d'autre de la table basse, ils s'observaient en chiens de faïence.

— J'ai réfléchi, dit tout à coup Kelsi, et je suis sûre que ça ira. J'ai un métier, je gagne ma vie, ce sera juste une question d'organisation. J'y arriverai.

Jack serra les poings, furieux. Pourquoi persistait-elle à ne pas lui laisser jouer son rôle de père ?

— Et comment comptes-tu t'organiser ? demanda-t-il en affectant un ton détaché. Que feras-tu du bébé ?

— Au début, je resterai chez moi. C'est ça, l'avantage de travailler sur ordinateur. Et ensuite, je me partagerai entre le bureau et la maison, ou je chercherai une garde partagée. Je verrai…

Il lui lança un regard acéré.

— Tu as déjà tout prévu dans ta tête…

… en m'excluant du début à la fin, poursuivit-il pour lui-même, de plus en plus furieux. *Comme si je n'existais pas ! Comme si je n'avais rien à voir avec cette grossesse !*

Mais ça ne se passerait pas ainsi ! Il n'avait pas envie que son enfant soit ballotté de nourrice en nourrice et voie son père tous les trente-six du mois, et il refusait d'être exclu de la vie de Kelsi. Elle n'était pas seulement la future mère de son enfant, mais aussi une femme qui hantait désormais toutes ses nuits…

— Une petite question, reprit-il d'un ton faussement conciliant. Quelle est ma place dans ce dispositif qui semble déjà tout à fait au point ?

— Aucune.

Il accusa le coup.

— Pardon ?

— Je t'ai déjà dit que je me débrouillerai très bien toute seule. Tu n'as pas à te faire de souci.

— Vraiment ? lança-t-il, en proie à une rage sourde.

— Vraiment.

Elle lui lança un sourire presque narquois qui le fit sortir de ses gonds. Elle prétendait qu'elle pouvait se passer de lui, eh bien, il allait lui prouver qu'elle se trompait !

Il la rejoignit sur le canapé et, avant qu'elle comprenne ce qui lui arrivait, la prit dans ses bras.

— Jack !

Il la fit taire d'un baiser. D'abord, elle tenta de le repousser, mais ses lèvres étaient si pressantes, l'odeur de sa peau mâle si envoûtante, son corps musclé si troublant contre le sien, que bientôt elle oublia tout pour s'abandonner aux sensations merveilleuses qu'il faisait naître en elle.

Elle avait tant rêvé du moment où elle le retrouverait, du bonheur d'être de nouveau dans ses bras ! Elle n'eut ni l'envie ni la force de lui résister. Vaincue, elle répondit à son baiser avec fougue.

Mais quand il glissa une main sous son T-shirt, elle reprit conscience de la réalité. Si elle ne mettait pas immédiatement un terme à leur étreinte, ils allaient faire de nouveau l'amour, et il n'en était pas question.

Elle devait lui montrer que sa raison était capable de prendre le pas sur ses pulsions.

Par miracle, elle trouva la force de s'arracher à son étreinte, mais il la retint par le bras.

— Alors tu es vraiment sûre de pouvoir te passer de moi ? lança-t-il d'un ton acerbe.

Bouleversée, elle réussit à soutenir son regard. Il ne devait pas deviner à quel point elle souffrait.

— Tu crois vraiment que c'est une bonne idée de compliquer encore les choses comme tu le fais ? rétorqua-t-elle d'une voix à peine audible.

— Je ne complique rien. Au contraire, c'est très simple : j'ai toujours envie de toi…

Brusquement, une bouffée de rage envahit Kelsi.

Rage contre Jack, qui jouait de son pouvoir sur elle, rage contre sa propre incapacité à maîtriser ses émotions face à lui. Comment pouvait-elle oublier que tout ça ne comptait pas pour le séducteur qu'il était ? Elle revit en pensée les photos sur internet où il posait au milieu de jolies filles hystériques, et la colère la submergea.

— Tu as envie de tout ce qui bouge, assena-t-elle. Le coup de la plage déserte, du ciel bleu, combien de fois l'as-tu fait ? lança-t-elle. Ton numéro est tellement bien rodé ! Quelle place j'occupe, sur ta liste ?

Il la regarda comme si elle l'avait giflé. Un instant, elle crut qu'il allait éclater, mais elle se trompait.

— Réfléchis un instant, Kelsi, déclara-t-il d'un ton froid et détaché qui la frappa plus que s'il avait crié. Si j'étais un *sex-addict*, crois-tu que je n'aurais emporté qu'un seul préservatif avec moi ?

Elle resta muette.

— Oui, j'ai eu pas mal de petites amies, mais je n'ai jamais amené personne sur cette plage à part toi, reprit-il. Je n'ai jamais fait l'amour sur le sable en plein après-midi. Je n'ai jamais annulé des rendez-vous professionnels importants pour une femme, et encore moins pour une drôle de fille bizarrement fagotée, et si mauvaise conductrice que j'ai failli y laisser ma peau. Tout ça, c'était nouveau pour moi, conclut-il, glacial.

Une drôle de fille bizarrement fagotée ! C'est tout ce qu'il avait à dire sur elle, conclut Kelsi, amère.

— Laisse-moi, Jack, balbutia-t-elle d'un ton suppliant. Va-t'en. Je te délivre de toute obligation. Oublie-nous, le bébé et moi, vis ta vie et laisse-nous vivre la nôtre.

— Il n'en est pas question, Kelsi, rétorqua-t-il d'un ton qui n'admettait pas de réplique. Même si j'en avais envie, je ne pourrais pas. Contrairement à ce que tu as l'air de penser, j'ai encore un certain sens de l'honneur !

Elle lui lança un regard de défi.

— Alors justement, j'en appelle à ton sens de l'honneur, déclara-t-elle, soudain presque solennelle. Tu ne souhaites pas cet enfant, tu veux continuer à mener ta vie de liberté qui exclut tout engagement familial. Alors passe ton chemin, épargne à cet enfant d'avoir à supporter un père absent, un père indifférent. C'est le meilleur service que tu puisses lui rendre.

Un silence pesant s'établit entre eux.

— Kelsi, je ne te permets pas de me juger ainsi, reprit-il enfin. Tu ne connais rien de moi en dehors de cet après-midi sur le sable, et de ce que tu as trouvé sur je ne sais quels sites. Tu ne sais pas quelle mère tu seras, pas plus que je ne sais quel père je serai. Nous pouvons juste l'un et l'autre espérer rendre cet enfant heureux, autant que nous pourrons. Ma seule certitude est que j'ai envie d'essayer, et je ne te laisserai pas me retirer ce droit. Un enfant a besoin de ses deux parents, et je compte bien être là…

Etre là comment ? pensa-t-elle, une boule dans la gorge. Comme son père, qui avait pris la poudre d'escampette au bout de quelques années, et trouvé ailleurs la fille dont il rêvait ? Est-ce cela qu'elle souhaitait pour son enfant ?

— Te rends-tu compte de ce que ça veut dire, être là, pour un enfant ? De ce qu'il te faudra assumer ? De l'amour que tu devras donner ? En es-tu capable, Jack ?

— Je n'ai pas de leçon à recevoir de ta part sur le sujet, répliqua-t-il vertement. Tu ne sais rien de moi, Kelsi, et d'ailleurs j'ai bien l'intention de remédier à cette situation.

Pour l'instant, je préfère m'en aller avant que nous ne prononcions des mots que nous pourrions regretter. Mais ce n'est que partie remise. Je t'appellerai demain, ajouta-t-il en quittant la pièce.

Kelsi resta prostrée jusqu'au moment où elle entendit la lourde porte d'entrée se refermer derrière lui dans un claquement sinistre.

6.

Jamais elle ne ferait vivre à son enfant ce qu'elle avait vécu, se promit-elle en s'allongeant sur le canapé, à bout de nerfs.

Toutes ces soirées où elle avait espéré que son père reviendrait, ces anniversaires où il se contentait de lui passer un bref coup de téléphone avec toujours quelques jours de retard, ces fêtes d'école où sa mère était désespérément seule pour l'applaudir quand on lui remettait un prix !

Il lui avait fallu des années avant de comprendre qu'il ne l'aimait tout simplement pas, lui préférant mille fois la fille de sa nouvelle compagne, qui correspondait en tout point à ses attentes avec ses nœuds roses, ses boucles blondes et ses allures de mini-miss…

La blessure était si profonde que la douleur se réveillait chaque fois qu'elle pensait à lui. Un jour, elle avait confié à sa mère qu'elle aurait préféré ne pas avoir de père du tout plutôt que celui-là, et cette dernière lui avait répondu par un silence éloquent.

L'histoire se répétait cruellement, songea-t-elle. Mais cette fois, elle allait être mère elle-même, et était d'autant plus décidée à préserver l'équilibre de son enfant à naître qu'elle ne voulait pas lui faire subir ce qui l'avait tant traumatisée. Tout dans la vie de Jack lui prouvait qu'il n'avait ni l'envie ni la capacité d'endosser cette responsabilité, mieux valait donc couper les ponts tout de suite.

Peut-être, dans son inconscience et sa naïveté, était-il sincère en lui assurant qu'il voulait s'occuper de cet enfant ?

Mais elle savait qu'à l'épreuve des faits il ne tiendrait pas la route…

Il appela le lendemain dès la première heure. Kelsi s'était réveillée au petit matin, à peine reposée après une nuit agitée, mais plus déterminée que jamais : elle donnerait tant d'amour à cet enfant qu'elle chérissait déjà qu'il ne souffrirait pas de l'absence de son père.

— Kelsi, je voudrais te parler.

— Je n'ai rien à te dire, Jack, répondit-elle, campée sur ses positions. Je t'ai déjà donné mon point de vue : je suis parfaitement capable d'élever un enfant toute seule. Des millions de femmes le font de nos jours.

Il y eut un silence.

— Je demanderai une garde partagée, assena alors Jack d'un ton lapidaire, comme s'il n'avait rien entendu. Que ça te plaise ou non.

Elle tenta de maîtriser la panique qui s'emparait d'elle. Entrer en conflit avec Jack à cet instant ne servait à rien, se dit-elle. Mieux valait accéder à sa demande et attendre qu'il se décourage de lui-même quand l'enfant serait là. Ce qui ne manquerait pas d'arriver… Elle l'imaginait mal se levant trois fois par nuit pour donner le biberon avant ses compétitions…

— Très bien, fit-elle d'un ton pincé. Je n'ai pas envie de me battre, et j'accepte d'envisager cette solution. Mais je te demande une faveur : ne pas chercher à me revoir jusqu'à ce que le bébé soit là.

De nouveau, le silence. Elle imagina sa stupeur, sa rage…

— Je te préviens, Kelsi, tu n'as pas intérêt à disparaître de la circulation, fit-il observer d'une voix menaçante.

Elle préféra raccrocher plutôt que de prolonger cette absurde conversation.

Bien sûr, il n'était pas question qu'elle parte, pour aller où, d'ailleurs ? Pas question de retourner chez sa mère, qui n'était au courant de rien, ni d'abandonner ce travail qui la faisait vivre ! Comment Jack pouvait-il imaginer un tel scénario ? Pour elle, la fuite n'avait jamais été une solution. Elle était prête à assumer sa maternité jusqu'au bout ; à préserver, aussi, ses rapports avec le père de son enfant, même si la tâche s'annonçait pour le moins délicate.

Elle regarda le téléphone, les yeux dans le vague et, soudain, le doute la saisit.

Serait-elle capable de se contrôler quand elle verrait Jack, d'oublier ce qu'ils avaient partagé, de ne pas penser à leur passion charnelle si brève mais si intense en se rappelant que pour lui elle n'était qu'une conquête parmi tant d'autres ?

Elle en doutait. Dès qu'elle le voyait, dès qu'elle entendait les accents sensuels de sa voix mâle, elle sentait l'émotion la submerger, et la flamme qui couvait en elle se raviver.

Elle avait eu raison de lui dire qu'elle ne voulait pas le revoir avant la naissance. C'était trop dangereux, bien trop déstabilisant.

Il suffisait qu'il la regarde, qu'il lui parle, pour que ses jambes se mettent à trembler, son cœur à palpiter. En réalité, elle était prête à lui retomber dans les bras à la première occasion. Dans ces conditions, mieux valait l'éviter.

Dans quelques mois, peut-être, l'effet qu'il avait sur elle se serait estompé et elle serait revenue à la raison.

On pouvait toujours espérer…

Jack mit un bon moment à se calmer après qu'elle lui eut raccroché au nez.

Pourtant, il l'avait appelée animé des meilleures intentions du monde, décidé à tout faire pour apaiser la situation, à écouter son point de vue, à composer avec ses exigences.

Le ton coupant de sa voix, son refus de discuter l'avaient mis hors de lui. Au lieu de garder son sang-froid et de tenter de la raisonner, il s'était emporté, perdant le sens commun.

Comment avait-il pu lui proposer une garde partagée ?

Avec la vie qu'il menait, c'était tout simplement impossible ! Il était par monts et par vaux toute l'année, passant d'un continent à l'autre au gré des saisons et des compétitions, et évidemment dans l'incapacité totale de s'occuper d'un enfant.

Si elle avait fait mine d'accepter, c'était pour se débarrasser de lui, car elle savait elle aussi que cette solution était inenvisageable.

Pourtant, elle avait besoin de lui, qu'elle l'admette ou non, et aussi bien sur un plan matériel qu'affectif : élever un enfant seule était une tâche difficile.

En fait, elle avait peur, réalisa-t-il tout à coup.

Et il ne pouvait pas lui en vouloir, pour la bonne raison qu'il avait aussi peur qu'elle…

Pour lui, l'arrivée d'un enfant n'aurait pas pu tomber plus mal.

Il devait rester concentré sur ses prochains défis particulièrement ambitieux : d'abord, récupérer de sa blessure au genou, puis recommencer l'entraînement à fond pour mettre toutes ses chances de côté pour les jeux Olympiques, sans parler des compétitions dans lesquelles il était engagé en attendant.

Il n'avait de place ni dans sa tête ni dans son emploi du temps pour un enfant, et pourtant la réalité était là, brutale, difficile à croire, mais impossible à ignorer : il allait être père…

La situation, déjà délicate, se compliquait encore vu ses rapports difficiles avec Kelsi.

Elle ne lui faisait pas confiance, et semblait avoir de lui une opinion déplorable. Sur quelles bases ? Elle ne savait rien de lui, en dehors de ce qu'elle avait appris sur internet. Quelques photos, des commentaires posés par ses fans l'avaient convaincue qu'il était un homme à femmes, une sorte de dragueur sans scrupule.

C'était faux, et injuste !

Bien sûr, il aimait s'amuser, il avait eu bon nombre de petites amies, mais jamais il n'avait abusé de leur confiance. Comme lui, les femmes avec lesquelles il sortait ne cherchaient rien d'autre que prendre du bon temps. C'était un échange de bons procédés, et quand il sentait qu'une de ses conquêtes commençait à trop s'attacher, il avait l'honnêteté de rompre.

Alors pourquoi Kelsi avait-elle sur lui des paroles si dures, en toute méconnaissance de cause ?

Qu'aurait-elle dit si elle avait su que, depuis le jour où il l'avait rencontrée, il n'avait même pas posé les yeux sur une autre femme ? La vérité, c'est qu'il n'arrivait pas à l'oublier, mais ça, il ne lui avouerait pour rien au monde.

D'ailleurs, il était revenu la voir... Mais la révélation de sa grossesse avait fait passer au second plan leur relation, et au fond, vu la piètre opinion qu'elle semblait avoir de lui, peut-être était-ce préférable.

Dorénavant, il contiendrait son désir, en tentant de faire abstraction de ce qui s'était passé entre eux sur la plage.

Sa feuille de route était toute tracée : il veillerait à ce qu'elle soit suivie par les meilleurs médecins, qu'elle accouche dans la meilleure clinique, tout en s'efforçant d'améliorer l'image qu'elle avait de lui. Et il y arriverait, car quand il se lançait un défi, il parvenait toujours à ses fins !

Rasséréné, il téléphona à son avocat. Il savait que les appartements voisins de celui de Kelsi étaient inoccupés, et la maison à vendre. Une idée germa dans son esprit. Il allait s'installer près d'elle. Il n'avait pas envie de la savoir seule dans cette grande maison.

En quelques heures, l'affaire fut arrangée. Ils habiteraient l'un à côté de l'autre, ce qui faciliterait les choses quand le bébé serait là. Kelsi n'allait pas apprécier, mais tant pis !

*
* *

Dès qu'elle rentra chez elle après sa journée de travail, Kelsi remarqua le panneau flambant neuf. « VENDU » annonçait fièrement la pancarte accrochée à la barrière.

Son sac à la main, elle se figea. Si la maison était vendue, elle devrait partir ! Pour aller où ? Avec un bébé ! Tout ça tombait on ne peut plus mal…

Soudain fébrile, elle chercha en vain un mot du bailleur dans sa boîte aux lettres. Il aurait tout de même pu la prévenir !

Mais elle n'était pas au bout de ses surprises. Elle s'apprêtait à monter l'escalier quand, levant la tête, elle aperçut quatre hommes sur le palier. L'un d'entre eux descendit à sa rencontre. Stupéfaite, elle reconnut Jack.

— Qu'est-ce que tu fais là ? s'écria-t-elle, incrédule.

— J'habite ici, à présent.

— Mais voyons, c'est ridicule ! La maison vient d'être vendue.

— Je sais. C'est moi qui l'ai achetée, expliqua-t-il comme si c'était la chose la plus naturelle du monde.

Kelsi resta sans voix.

— Et moi, qu'est-ce que je fais ? balbutia-t-elle, inquiète.

— Tu restes. J'étais en train de discuter avec l'architecte car nous démarrons des travaux de rénovation. Je ne touche pas à ton appartement, et je fais un seul logement avec les trois autres. Ce sera plus simple pour cohabiter, non ? A vrai dire, je me suis déjà installé provisoirement dans l'appartement en face du tien. Te savoir seule dans cette grande maison ne me plaît pas. Ah, dernier détail : il va sans dire que je ne te demanderai pas de loyer.

Elle le regarda, ébahie. Il avait tout organisé sans lui en toucher un mot ! Comme si elle n'avait qu'à obtempérer ! C'était insupportable…

— Ta vie ne changera pas, assura-t-il en la voyant blêmir. Je serai très discret, je ne t'importunerai pas.

— Permets-moi d'en douter, lança-t-elle avant de monter l'escalier à la hâte et de claquer la porte derrière elle avec violence.

Une fois à l'intérieur, elle resta un moment appuyée

contre la porte, son cœur battant à tout rompre, en proie à un tumulte d'émotions contradictoires.

Elle devait se rendre à l'évidence, comprit-elle, catastrophée : alors qu'une partie d'elle-même savait que c'était une folie, une autre se réjouissait d'apprendre que Jack allait devenir son voisin.

Une telle inconséquence l'effarait et augurait mal de l'avenir.

Mais tout était allé si vite depuis quarante-huit heures ! Jack était revenu vers elle alors qu'elle croyait ne jamais le revoir, elle découvrait qu'elle était enceinte, et voilà qu'il s'installait sur le même palier !

Elle ne savait plus où elle en était…

Elle entendit Jack discuter avec l'architecte et l'entrepreneur, puis ils descendirent tous l'escalier et quittèrent la maison.

Enfin seule ! se dit-elle, soulagée d'avoir cette longue soirée devant elle pour réfléchir et se détendre enfin.

Mais son répit fut de courte durée.

Elle était allongée depuis une vingtaine de minutes sur son canapé, un livre à la main, quand elle entendit sonner.

Elle alla ouvrir à contrecœur et se trouva face à Jack, qui arborait un sourire un peu contrit.

— Désolé de te déranger après ta journée de travail, commença-t-il, mais je voudrais savoir si je peux me préparer à dîner chez toi. La gazinière ne fonctionne pas dans mon appartement. Je réglerai ce problème dès demain, mais ce soir…

Il n'acheva pas et se contenta de lui lancer un regard suppliant qui, en d'autres temps, l'aurait fait sourire.

Mais à cet instant, l'idée de laisser Jack rentrer chez elle ne lui disait rien qui vaille. Elle ne lui faisait pas plus confiance qu'elle ne se faisait confiance à elle-même…

— Fais comme chez toi, lâcha-t-elle avec un soupir de lassitude.

On aurait difficilement pu manifester moins d'enthousiasme, mais il devrait s'en contenter, pensa Jack, piqué au vif.

Il se dirigea vers la cuisine tandis qu'elle se rallongeait et se replongeait dans son livre.

Mais ce n'était qu'une apparence. Pour Kelsi, savoir Jack si proche était un supplice, et ses pensées se mirent à divaguer. Elle se rappelait leurs affolants baisers, leurs caresses impudiques, ces moments magiques gravés à jamais dans sa mémoire.

— Kelsi ?

Elle sursauta et revint à la réalité. Heureusement que Jack ne possédait pas le don de double vue, se dit-elle, mal à l'aise.

— Tu veux partager mon dîner ? demanda-t-il. Je parie que tu n'as rien mangé.

Elle songea qu'il y avait beaucoup de choses qu'elle voulait partager avec lui, des choses qu'elle devait désormais s'interdire…

— Je veux bien…

Il avait disposé deux couverts sur la table, et Kelsi aperçut avec stupéfaction d'appétissantes escalopes de poulet grillées accompagnées d'une salade d'avocats au pamplemousse.

— Tu as fait ça tout seul ? s'exclama-t-elle, stupéfaite.

— Bien sûr ! Pour qui me prends-tu ? Je ne suis pas manchot ! Et quand je suis aux fourneaux, je laisse une cuisine impeccable, moi ! Ce qui n'est pas le cas de tous les hommes…

Elle s'abstint de tout commentaire et commença à manger sans plus attendre. Le dîner était tout simplement délicieux, et les talents de cuisinier de Jack indéniables…

— J'espère que tu prends des suppléments vitaminés, lança-t-il tout à coup en lui servant à boire. Et de l'acide folique.

Elle releva la tête.

— Dis donc, tu es bien renseigné ! fit-elle observer. Mon médecin m'a prescrit tout ça, rassure-toi. Et je te rappelle quand même que c'est moi qui porte cet enfant. C'est mon affaire.

— La mienne aussi, assena-t-il sans ménagement. Je

veux que tu voies les meilleurs spécialistes, que tu travailles moins, que…

— Stop, Jack ! coupa-t-elle. Je suis enceinte de quelques semaines, et ce n'est pas une maladie ! J'ai tout le temps de trouver une bonne clinique. Et cette histoire de maison… c'est une folie, acheva-t-elle avec un soupir désabusé.

— Non. C'est la meilleure solution que j'aie trouvée pour t'aider sans m'imposer. Je n'ai aucunement l'intention d'empiéter sur ton territoire.

Ce n'était pas une question de territoire, pensa Kelsi, mais de souffrance future. Pourquoi s'habituer à dépendre de lui, alors qu'un jour ou l'autre il s'éloignerait d'elle, la laissant le cœur brisé ? Elle avait le devoir de se protéger.

— Où habitais-tu jusqu'ici ? demanda-t-elle tout à coup, poussée par la curiosité. Tu n'avais pas d'appartement ?

— Non, j'étais à droite à gauche. Chez des amis, à l'hôtel. Et souvent à l'étranger, pour mes compétitions.

Elle baissa les yeux, découragée. Ces paroles la confortaient dans l'idée que rien dans la vie itinérante de Jack ne cadrait avec le fait d'avoir un enfant.

Il nota son expression soucieuse, la moue inquiète de ses jolies lèvres, sa pâleur. Elle était fatiguée, conclut-il. Fatiguée, enceinte, sur la défensive, mais il avait plus envie d'elle que jamais…

En la trouvant allongée sur le canapé, il avait eu toutes les peines du monde à ne pas la rejoindre. Il rêvait de serrer son corps souple dans ses bras, de s'enivrer du parfum délicieux de sa peau veloutée, de l'entendre de nouveau gémir sous ses assauts.

Mais jusque-là, il s'était contenu. Mieux valait cependant ne pas prolonger trop longtemps ce dîner, de peur de ne pouvoir résister à ses pulsions. Kelsi le rendait littéralement fou…

— J'ai lu que tu avais un lodge, reprit-elle. A Karearea, je crois.

— Toi aussi tu es bien renseignée ! C'est encore internet ? Oui, j'ai un lodge. C'est mon père qui est à l'origine de ce projet, mais il est mort avant d'avoir pu le mener à bien.

J'ai repris le flambeau, à la fois pour réaliser son souhait et parce que j'adore cet endroit. J'ai construit un chalet tout simple, perdu au milieu des montagnes, avec une vue incroyable sur les sommets. Nous commençons à être connus des amateurs de ski en pleine nature et des amoureux des grands espaces, mais j'ai volontairement réduit la capacité à six chambres.

— Alors, c'est ça, ta maison ?

On ne lui avait jamais posé cette question. Il réfléchit un instant, et réalisa qu'en fait il n'avait pas de chez-lui. Enfant, il avait suivi son père au gré de ses voyages, et ils n'avaient jamais réussi à se fixer. Peut-être parce qu'ils n'avaient plus ni épouse ni mère…

Toujours est-il que, devenu adulte et sportif de haut niveau, il avait continué la même vie itinérante.

— Non, ce n'est pas ma maison, mais je m'y sens bien, précisa-t-il après un silence. J'y retrouve des amis qui aiment s'y entraîner sur les pistes vierges, loin des foules. On passe des journées dehors à dévaler la poudreuse, et le soir on refait le monde devant la cheminée. Certaines stars viennent aussi s'y reposer pour fuir momentanément le stress de la ville et des projecteurs, le luxe aseptisé… Elles disent que là, elles respirent enfin.

Quelle vie excitante ! songea tout à coup Kelsi, émerveillée. Si variée, si nomade, si différente de la sienne !

Les voyages, elle, elle ne connaissait pas… Elle avait tout misé sur ses études, son travail, et mené une existence plutôt rangée malgré ses allures excentriques.

Mais tout venait de changer d'un coup.

Elle allait être mère et pouvait dire définitivement adieu aux vacances lointaines et aux loisirs, pensa-t-elle avec un soupçon d'amertume. Dans quelques mois, son univers se résumerait aux biberons et aux couches.

Jack se leva tout à coup et se mit à débarrasser la table avec précipitation, comme s'il voulait partir au plus vite. Il devait s'ennuyer avec elle, conclut-elle, ce qui n'avait rien d'étonnant. Il devait la trouver si peu glamour, si ordinaire par rapport aux femmes qu'il fréquentait d'habitude !

D'ailleurs, il n'avait même pas essayé de l'embrasser, de la toucher, n'avait pas eu le moindre geste affectueux à son égard : il ne s'intéressait plus à elle que comme à la future mère de son enfant.

Si elle n'avait pas été enceinte, ils ne se seraient jamais revus.

Sa gorge se serra, et elle lutta contre le chagrin qui l'envahissait insidieusement. Le seul point positif était que Jack n'avait rien deviné de l'intensité des sentiments qu'elle éprouvait pour lui : il fallait à tout prix que cela reste ainsi.

— Merci de m'avoir laissé utiliser ta cuisine, dit-il quand il eut tout rangé. Je file, à présent. Passe une bonne nuit.

Et il s'éclipsa à la hâte sans lui laisser le temps de prononcer le moindre mot.

Elle brûlait de passion pour lui, et tout ce qu'il trouvait à lui dire, c'était « Passe une bonne nuit »…

Les larmes que Kelsi refoulait depuis si longtemps se mirent à couler.

Des larmes amères de frustration désespérée…

7.

Le lendemain matin, Kelsi fut réveillée par des bruits inhabituels dans la rue.

Elle écarta discrètement son rideau et aperçut trois camionnettes garées devant chez elle : celle d'un menuisier, d'un électricien, et d'une entreprise de sécurité, comme on pouvait le lire sur leurs carrosseries.

Jack ne perdait pas de temps, songea-t-elle, ébahie.

Elle ne croyait pas si bien dire : quand, le même soir, elle revint chez elle après sa journée de travail, un digicode flambant neuf et une caméra de surveillance avaient été installés à l'entrée.

Jack devait la guetter, car il surgit soudain de la maison et vint à sa rencontre.

— Tu as décidé de vivre dans un bunker ? demanda-t-elle d'un ton ironique.

— Non, rétorqua-t-il, piqué au vif. Je protège la maison et ses habitants, c'est tout. Je voulais justement te prévenir et te donner le code.

— Trop aimable…

— Tu ne veux pas savoir ce que j'ai prévu comme travaux ? poursuivit-il.

— Pas vraiment, mais puisque tu y tiens, je t'écoute.

Difficile de faire moins enthousiaste, constata Jack, dépité. Pourquoi Kelsi ne voulait-elle pas comprendre que tout ça, il le faisait pour elle, pour leur enfant ?

Peut-être allait-elle enfin réagir et s'impliquer un peu plus en rencontrant Alice ? songea-t-il avec un secret espoir. Il se doutait cependant déjà qu'elle n'apprécierait pas qu'une femme empiète sur son territoire…

— Viens, je vais te présenter Alice, dit-il. C'est une de mes amies, une décoratrice d'intérieur très douée qui a le vent en poupe.

Kelsi le suivit de mauvaise grâce. Avait-elle le choix ? Non, malheureusement. Elle allait devoir subir des explications dont elle n'avait que faire, en s'efforçant de ne pas regarder Jack, plus séduisant que jamais dans un jean noir qui dessinait ses longues jambes et une veste en daim marron qui mettait en valeur sa carrure d'athlète.

C'était le supplice de Tantale : attirée par lui comme par un aimant, elle devait jouer les indifférentes. Comment supporter de brûler de désir pour un homme dont le seul souci était de la voir bien manger et de lui installer un digicode ?

Avec ses lunettes rondes en écaille destinées à lui donner l'air d'une intellectuelle, sa chevelure au blond savamment cendré, gage d'un excellent coiffeur, et sa mallette en cuir griffée de businesswoman arrivée, Alice était l'archétype de la jeune femme élégante et branchée.

Un tailleur cintré enserrait sa taille de guêpe et laissait deviner sa poitrine pigeonnante.

Les deux femmes se jaugèrent sans complaisance, et Kelsi la détesta aussitôt. Alice lui tendit la main d'un geste princier.

— Ravie de vous connaître, murmura-t-elle avec un sourire condescendant.

Elle avait décidé de la traiter comme quantité négligeable, songea Kelsi. Et cela lui allait très bien. Elle n'avait que faire de son opinion, et se fichait des travaux qu'elle allait diriger. Elle voulait juste qu'on la laisse en paix…

— Nous allons abattre toutes les cloisons, intervint alors Jack, qui n'avait rien perdu de l'échange glacial entre les deux femmes. Je me demandais si ce ne serait pas une bonne idée de mettre un ascenseur intérieur, au milieu du salon, dans une cage de verre.

Sa proposition fut accueillie par un silence. Prudent du côté d'Alice — après tout, Jack était son client —, agacé du côté de Kelsi.

— Un ascenseur en plein milieu d'une pièce ? C'est ridicule, voyons ! s'écria-t-elle. Et parfaitement inutile, puisqu'il n'y a qu'un étage... Mais tu feras comme tu voudras, conclut-elle avec un soupir désabusé.

— Dommage, j'aimais bien l'idée, fit Jack, résigné. Pas d'ascenseur, alors... En revanche, j'espère que tu n'as rien contre une bibliothèque. Tu aimes les livres, n'est-ce pas ? En tout cas, tu en as plein chez toi...

— Oui, j'aime les livres, confirma-t-elle de mauvaise grâce.

— Une bibliothèque, c'est une excellente idée, Jack ! s'exclama Alice avec un enthousiasme appuyé. Je viens d'en réaliser une en chêne massif pour un producteur de cinéma très fortuné. Tu vois, c'est tout à fait dans le ton, cette année. Très tendance...

Une bibliothèque, très tendance ! Elle ne supporterait pas une minute de plus les minauderies de la décoratrice, pensa Kelsi, exaspérée. Qu'Alice fasse ce que bon lui semble, peu lui importait tant qu'on ne touchait pas à son appartement.

— Désolée, mais je dois vous laisser. Ravie d'avoir fait votre connaissance, dit-elle à la jeune femme avec un sourire crispé.

Sans plus attendre, elle monta l'escalier pour rentrer chez elle, impatiente de se retrouver seule, et ne remarqua même pas que Jack lui emboîtait le pas, laissant Alice à ses relevés.

— Alice a souvent de très bonnes idées, fit-il observer.

— Je n'en doute pas, murmura-t-elle en fouillant dans sa pochette pour y trouver ses clés. Mais tu vois, je suis fatiguée, et je n'ai aucune envie de discuter des idées d'Alice. Pour tout te dire, c'est même le cadet de mes soucis…

— Tu as tort ! Tu devrais lui montrer ton appartement, elle te ferait certainement d'intéressantes suggestions.

— Merci, mais je me passerai de ses services, rétorqua Kelsi d'un ton sec.

Elle avait enfin trouvé sa clé et s'acharnait sur la serrure qui refusait de fonctionner. A coté d'elle, Jack l'observait sans un mot, ce qui accrut encore sa nervosité. Pourquoi ne la laissait-il pas seule, à présent ? Elle n'avait pas besoin de lui ! Comment ne comprenait-il pas que sa présence la gênait ?

Elle sentit tout à coup la main de Jack se poser doucement sur la sienne et lui prendre les clés.

Déstabilisée par ce simple contact, elle réprima un frisson et s'écarta brutalement de lui.

La clé toujours à la main, Jack la dévisageait sans bouger. Il nota l'éclat trouble qui brillait dans ses yeux, la rougeur qui lui était montée aux joues. Quoi qu'elle en dise, il ne lui était pas indifférent, conclut-il, pas du tout, même, et ce n'était pas pour lui déplaire, bien au contraire.

A cet instant, il était certain qu'il aurait suffi d'un geste, d'un regard, d'une caresse, pour rallumer le feu qui brûlait en elle, comme en écho à celui qui le consumait depuis qu'il l'avait quittée.

Elle ne pouvait pas avoir oublié ces instants extraordinaires qu'ils avaient partagés. Pour elle aussi, leur aventure avait été un moment d'exception, il en était certain.

Alors pourquoi lui manifestait-elle une telle hostilité ? Pourquoi refusait-elle de retrouver ce plaisir charnel si intense que son souvenir le poursuivait nuit et jour ?

Un désir soudain s'empara de lui. La chambre de Kelsi était de l'autre côté du mur, son grand lit les attendait, alors qu'attendaient-ils ?

Tout aurait pu être si simple, et pourtant c'était terriblement compliqué !

Comment réussir à l'apprivoiser de nouveau sans l'effaroucher ? s'interrogea-t-il. Elle faisait preuve d'une telle hostilité envers lui qu'il ne savait comment l'aborder.

Il prit une profonde inspiration pour recouvrer son calme. S'imposer à elle serait contre-productif. Et, pour le bien de leur futur enfant, il se devait de préserver leur relation.

— M'autorises-tu à utiliser de nouveau ta cuisine ? demanda-t-il. Je suis désolé, mais les électriciens n'ont pas encore réparé mes plaques.

Elle hésita un instant. L'idée de le voir rentrer dans son appartement, de le savoir à quelques mètres d'elle lui était insupportable, mais elle ne pouvait décemment pas l'éconduire.

— Très bien, balbutia-t-elle. J'accepte, à condition que tu m'apportes à dîner comme hier.

Elle attendrait qu'il soit parti pour manger à son tour, pensa-t-elle. Elle n'avait aucune envie qu'il s'imagine qu'elle prenait plaisir à sa compagnie. Garder ses distances à tout prix, pensa-t-elle. C'était plus nécessaire que jamais.

— Merci. Je vais chercher ce qu'il faut, et je reviens.

Ouf, elle avait quelques minutes de répit ! pensa Kelsi en se laissant tomber sur son canapé.

Elle entendit Jack prendre congé d'Alice qui avait fini ses relevés.

Pourvu qu'elle ne dénature pas le charme délicieusement suranné de cette vieille maison ! pensa-t-elle avec inquiétude. Avec son obsession du « tendance », elle était capable de tout détruire, parquets anciens et cheminées inclus, pour ne garder qu'une coquille vide avec un intérieur épuré et glacial.

Pourquoi Jack avait-il tenu à la lui présenter ? s'interrogea-t-elle tout à coup. Pour qu'elle se rende compte du genre de femmes qu'il fréquentait, à des années-lumière de ce qu'elle était elle-même ?

Si tel était le cas, il avait réussi son coup : Alice et elle ne vivaient pas dans le même monde, et elle n'aurait pas échangé sa place avec la sienne pour un empire.

Il réapparut peu après, et comme elle le craignait sa simple présence chez elle la déstabilisa profondément. Elle avait beau se raisonner, se répéter qu'entre eux rien de durable n'était possible, rien n'y faisait. Rien ne semblait pouvoir atténuer l'effet que son charme viril avait sur elle.

Il s'installa devant le plan de travail et disposa ses ingrédients comme un véritable chef. Puis il se munit d'un grand couteau et se mit à émincer des champignons avec une incroyable dextérité. Cette fois, Kelsi ne résista pas à l'envie de rester pour l'admirer.

— Tu es toujours aussi déterminé ? demanda-t-elle en s'asseyant sur un tabouret.

— Que veux-tu dire ? rétorqua-t-il en levant les sourcils.

— Tu arrives, tu as tout prévu, tu ne perds pas un instant, tu sais toujours ce que tu fais…

Il sourit.

— Quand j'ai décidé quelque chose, je vais jusqu'au bout, expliqua-t-il d'un ton posé. Quant aux tâches ménagères, je m'en débarrasse le plus vite possible pour avoir du temps pour me distraire.

— Te distraire… C'est ça qui compte le plus pour toi ? De nouveau, il s'interrompit.

— Se distraire, se faire plaisir, c'est ce qu'il y a de mieux dans la vie, non ? rétorqua-t-il en la défiant du regard.

Elle réfléchit un instant.

— C'est important, concéda-t-elle, mais ça ne suffit pas. Il y a un moment où il faut se poser, construire…

— Pour l'instant, je n'en ai pas éprouvé le besoin, avoua-t-il. Avec mon métier, mes affaires, je suis toujours en mouvement. J'ai un incessant besoin de nouveaux défis. Et il y a toujours de nouveaux défis, il suffit d'être réceptif.

Il y eut un silence, puis elle osa demander :

— Tu parles des femmes ?

Ils échangèrent un long regard.

— Entre autres, admit-il enfin. J'aime les femmes, mais pas juste pour le plaisir de la conquête. Je ne fais pas partie de ces don Juan qui prennent la poudre d'escampette dès qu'ils ont obtenu ce qu'ils voulaient.

Kelsi lutta contre l'amertume qui la submergeait.

— Pourtant, c'est exactement ce que tu as fait avec moi, murmura-t-elle d'une voix tremblante.

A peine avait-elle prononcé ces paroles qu'elle les regretta. Pourquoi avoir abordé ce sujet ?

— Toi, c'est différent, commença-t-il d'une voix hésitante.

Elle eut un petit sourire douloureux.

— C'est différent, parce qu'aujourd'hui je suis enceinte de toi, rappela-t-elle, cynique.

Il délaissa définitivement ses champignons.

— Oui, c'est vrai, Kelsi, concéda-t-il en essayant de ne pas s'énerver. Et alors ? Je souhaite être présent jusqu'à la naissance et m'occuper de mon enfant. Est-ce si répréhensible ?

En plein désarroi, elle ne sut que répondre. Impossible de lui avouer qu'elle était folle de lui et que sa seule présence lui était un supplice !

— Non, bien sûr, admit-elle à contrecœur. Mais ce n'est pas une raison pour se voir tout le temps, pour habiter dans la même maison, pour faire comme si nous étions amis…

Il accusa le coup. Elle le rejetait, ou faisait semblant, car il était convaincu qu'elle avait toujours envie de lui.

Il avança d'un pas et, se plantant devant elle, la défia d'un regard d'une extraordinaire intensité. Puis ses yeux glissèrent vers ses lèvres en une caresse plus troublante encore que le plus passionné des baisers.

Une vague de chaleur envahit Kelsi, et son cœur se mit à battre la chamade. Pourquoi ne pas offrir à Jack cette bouche qu'il convoitait, ne pas se serrer contre son corps puissant et s'enivrer encore une fois de son odeur mâle ? Rien n'aurait été plus simple, plus naturel, plus merveilleux !

Un instant, elle hésita, au supplice, mais au moment où, bouleversée, elle se sentait près de fléchir, Jack recula.

— Tu as raison, assena-t-il d'une voix dure. Rien ne nous oblige à être amis.

Il enleva le torchon qu'il s'était noué autour de la taille et le posa d'un geste brutal sur le plan de travail.

— Bon appétit, Kelsi, lança-t-il.

Puis il tourna les talons sans lui jeter un regard et quitta la pièce. Pétrifiée, elle l'entendit claquer violemment la porte derrière lui.

8.

A 8 heures précises, une équipe d'ouvriers envahit le rez-de-chaussée et se mit à abattre les cloisons dans un vacarme épouvantable.

Jamais Kelsi ne fut aussi contente de partir travailler…

Quand elle revint en fin de journée, elle aperçut, bien rangée sous un auvent de fortune dans le jardin, des lattes de parquet d'un chêne clair tout à fait à son goût. Elle n'aurait pas fait un autre choix, pensa-t-elle, surprise.

Peut-être, après tout, la rénovation de cette vénérable demeure serait-elle un succès ?

Pas trace de Jack, ni le matin ni le soir, et cette fois il n'apparut pas chez elle à l'heure du dîner pour lui demander d'utiliser sa gazinière.

Ils ne seraient pas amis, conclut-elle avec une lucidité amère. En fait, ils ne seraient rien du tout… à part les géniteurs d'un enfant.

A la hâte, elle se prépara des pâtes qu'elle mangea sans même prendre la peine de les agrémenter de beurre ou de fromage râpé. Elle n'avait le cœur à rien…

Jamais elle ne s'était sentie aussi seule. Et une fois couchée, ce fut encore pire. Savoir Jack à quelques mètres d'elle était infiniment douloureux, et une fois encore son imagination l'entraîna là où elle n'aurait pas dû aller : dans ses bras…

Elle repoussa comme elle le put la vision beaucoup trop

précise de leurs deux corps enlacés et sombra enfin dans un sommeil agité.

Le lendemain matin, elle tomba sur Jack juste au moment où elle partait à son bureau.

Vêtu d'un jean et d'une veste à carreaux qui accentuaient sa virilité en lui donnant l'air d'un trappeur canadien, il portait une planche de skate sous le bras.

Le cœur battant, elle se résigna à s'arrêter pour échanger quelques mots avec lui.

— Tu as abandonné le snowboard ? demanda-t-elle, étonnée.

— Non, je me rééduque avec la planche à roulettes. Histoire de garder la forme et de me détendre.

Il en avait de la chance ! songea Kelsi avec une ironie amère. Elle aurait tout donné pour trouver un moyen de se détendre, elle aussi…

— Et toi ? Tu vas au travail à pied ?

— Oui, moi aussi j'essaie de garder la forme… si l'on peut dire, ajouta-t-elle, ironique.

Jack la regarda, guettant quelques rondeurs naissantes, mais en vain. Elle n'était enceinte que de quelques semaines, et de toute façon, avec sa large tunique indienne qui flottait autour de sa silhouette menue, il n'aurait rien pu déceler.

— Tu as déjà essayé le skate ? demanda-t-il. Quand tu étais ado ?

— Non, jamais. Je suis sûre que je n'aimerai pas.

Il réfléchit un instant et lui jeta un coup d'œil aigu.

— Je te rappelle que tu m'as dit exactement la même chose sur la plage, le sable qui gratte, les bestioles qui piquent… et tu as changé d'avis. Tu ne sais pas ce que tu manques, Kelsi. Si tu veux, je te fais essayer. Juste quelques mètres, pour que tu découvres la sensation. Tu verras, c'est magique…

Il lui sourit avec un tel enthousiasme qu'elle fut ébranlée.

— Franchement, ça ne me paraît pas très raisonnable, Jack, fit-elle cependant observer. Imagine que je tombe, pour le bébé ?

Ils échangèrent un regard ému : ils commençaient à réaliser que leur enfant était déjà un petit être qu'ils devaient protéger.

— Tu ne peux pas tomber ! assura-t-il. Je te parle de quelques mètres pour essayer, et en plus, je suis là.

Elle semblait hésitante, ce qui le décida à la convaincre.

— Voyons, Kelsi, un peu d'audace ! lança-t-il d'un ton taquin. Tu ne te lances jamais de défis dans la vie ?

— Si, bien sûr ! répondit-elle, piquée au vif. D'accord, fais-moi faire un petit tour. Cette fois, tu valides mes chaussures ?

Elle releva sa jupe, lui montrant sa cheville d'une extrême finesse, le galbe parfait de son mollet, et tout à coup un désir violent se réveilla en lui, sans commune mesure avec cette chaste vision.

Pour un peu, il se serait cru au XVIIIe siècle, pensa-t-il, stupéfait, époque où les femmes ne dévoilaient sous aucun prétexte leurs chevilles, objets de tous les fantasmes masculins, mais n'hésitaient pas à exposer leurs seins ! Que lui arrivait-il ? Il devait à tout prix contrôler ce ridicule état de frustration dans lequel le mettait Kelsi !

Il lui tendit la main, immobilisa la planche et l'aida à monter avec mille précautions.

— Tout va bien ?

— Très bien !

Alors il fit glisser doucement la planche sans lui lâcher la main, et elle ne put retenir un sourire ravi. C'était amusant, très amusant ! Beaucoup plus qu'elle ne l'aurait imaginé !

Jack la dévisageait, attendri. Elle avait soudain l'air d'une petite fille sur un manège, se dit-il, une petite fille adorable avec ses yeux pétillants et ses joues roses de plaisir…

Ce devait être follement amusant de glisser, de prendre de la vitesse, pensa Kelsi, de plus en plus séduite par l'exercice. Alors, tout à coup, inconsciente du danger, elle posa un pied à terre et poussa d'un coup.

La planche démarra, changea de direction, et Kelsi vacilla. Affolée, elle poussa un petit cri. Elle ne maîtrisait plus rien, la planche prenait de la vitesse, elle allait tomber. *Et le bébé ?* pensa-t-elle en un éclair.

Elle ne se le pardonnerait pas s'il lui arrivait quelque chose…

Mais Jack était là : il se précipita et eut juste le temps de la saisir par la taille avant qu'elle ne chute.

La planche continua sur sa lancée et alla heurter un mur.

Apeurée, Kelsi ne chercha même pas à se dégager de l'étreinte de Jack qui la tenait toujours serrée contre lui.

— J'espère que tu ne t'es pas fait de nouveau mal au genou, balbutia-t-elle, luttant contre l'émotion qui l'envahissait.

— Non, assura-t-il d'une voix rauque. Mais toi, tu as bien failli tomber…

Il n'acheva pas, mais elle comprit, bouleversée, qu'il pensait au bébé.

Quoi qu'il se passe entre eux dorénavant, il y aurait cet enfant, ce petit être qui grandissait en elle et dont ils étaient désormais responsables, songea-t-elle, les larmes aux yeux.

Le silence se prolongea, de plus en plus tendu.

Il aurait suffi d'un geste, d'un mot, pour embraser le feu qui couvait en eux, songea Kelsi. Mais il ne fallait pas…

Au prix d'un douloureux effort sur elle-même, elle se dégagea, et, à son grand regret, Jack ne la retint pas.

— Un jour, tu me montreras comment on saute ? demanda-t-elle d'une voix faible.

— Oui, mais avant, je t'équiperai avec genouillères, coudières et casque, rétorqua-t-il. Mieux vaut attendre quelques mois, tu ne crois pas ?

Ils échangèrent un sourire complice, et de nouveau Kelsi, attendrie, songea que Jack prenait vraiment à cœur son rôle de futur père.

Pour l'instant, tout au moins…

Elle remit sa jupe en place et ramassa son sac.

— Cette fois, il faut que j'aille travailler, dit-elle en affectant un ton dégagé. Bonne journée et merci pour la leçon, Jack !

En plein désarroi, elle s'éloigna à la hâte sans attendre sa réponse. Côtoyer Jack, c'était jouer avec le feu, et en le laissant l'initier au skate, elle avait bel et bien failli déclencher l'incendie.

C'était déjà suffisamment pénible de le voir, de l'entendre, alors le toucher ! Jamais elle n'aurait dû prendre ce risque…

Elle veillerait à l'avenir à ne pas se retrouver dans ce genre de situation.

Fort heureusement, elle eut tant à faire ce jour-là qu'elle n'eut pas un instant pour penser à Jack.

Mais de retour chez elle, la pression remonta. Pour son malheur, en effet, Jack n'avait toujours pas de cuisine, et elle dut une fois encore lui offrir l'hospitalité.

Ce dîner fut pire encore que les précédents. Assise face à lui, elle guettait chacun de ses gestes, espérant qu'il lui enverrait des signes, cherchait dans ses paroles un double sens qui n'existait pas, l'imaginait se penchant tout à coup au-dessus de la table pour l'embrasser.

Comment pouvait-elle faire preuve d'une telle irresponsabilité, d'un tel manque de contrôle sur elle-même ?

Quand il partit à la hâte, la dernière bouchée avalée, ce fut pire : elle ne put s'empêcher de penser qu'il allait retrouver une femme. Une femme qu'il ramènerait peut-être chez lui, sous son propre toit, à laquelle il ferait l'amour à quelques mètres d'elle !

Elle mit un long moment à chasser cette vision cauchemardesque de son esprit…

Le lendemain matin, un claquement mat dans la cour l'alerta : elle écarta discrètement son rideau et constata qu'en effet, Jack était déjà sur son skate. Cachée derrière sa fenêtre, elle put l'observer tout à loisir.

Il évoluait avec une puissance mêlée de grâce qui l'éblouit. Virevoltant dans les airs, il semblait avoir la légèreté d'un oiseau malgré sa stature athlétique, et osait les pirouettes les plus insensées. Son visage extatique témoignait de la joie qu'il prenait à cet exercice et elle envia cette faculté qu'il avait de se faire plaisir.

Elle n'avait pas cette qualité. L'extraordinaire aventure qu'elle avait vécue sur la plage avec lui n'était qu'une exception qui confirmait la règle, une parenthèse enchantée qui n'aurait pas de suite.

Elle avait retrouvé sa vie bien ordonnée dans laquelle Jack n'avait pas sa place, et devrait s'en contenter. Elle était rentrée dans le rang, et soudain l'avenir lui paraissait infiniment terne.

Quand elle rentra le même soir, Jack l'attendait devant la porte de son appartement.

Elle s'arrêta net et lui lança un regard chargé d'animosité. Pourquoi ne la laissait-il pas en paix ? Si seulement elle avait pu oublier qu'il vivait à côté d'elle ! Mais il semblait prendre un malin plaisir à se rappeler sans arrêt à son bon souvenir… Pour un oui ou pour un non, il ne cessait de la solliciter. Perversité ou inconscience ? Elle finissait par se poser la question…

— Je te dérange ? demanda-t-il.

— Non, répondit-elle d'un ton crispé.

— J'ai l'impression que tu travailles de plus en plus tard, fit-il observer après un silence.

— On est un peu charrette au bureau, balbutia-t-elle lamentablement.

C'était un mensonge éhonté. En réalité, elle repoussait de jour en jour l'heure de quitter son travail pour ne pas rentrer trop tôt chez elle — et donc, près de lui. Mais ça, elle ne le lui avouerait jamais…

— Tu as des cernes, reprit-il. Tu es sûre que tu vas bien ?

— Mais oui ! rétorqua-t-elle, mal à l'aise.

— J'en doute. Tu devrais te ménager, tu sais. Je ne sais pas ce que te dit ton médecin, mais…

— Il dit que tout va très bien, coupa-t-elle, agacée.

Il poussa un soupir.

— Ecoute, Kelsi, cesse de me considérer comme un ennemi, je t'en prie. Tu sais comme je suis concerné par ta grossesse, par cet enfant qui va arriver ! Alors pourquoi ne pas faire appel à moi ? Je pourrais t'aider, te rendre service…

— Tout va bien, Jack, assura-t-elle. Occupe-toi plutôt de ton genou.

Il n'osa pas lui annoncer qu'il avait repoussé son départ tant elle lui semblait à bout de forces. Il ne s'imaginait pas l'abandonnant ainsi, seule dans cette maison en travaux, sans personne pour la prendre en charge en cas de problème. Et malgré tout ce qu'il avait pu lire de rassurant sur les sites médicaux en consultant internet, le spectre d'une complication obstétricale continuait de le hanter.

— Sois un peu plus simple, je t'en prie ! insista-t-il. Aujourd'hui, un bébé, c'est aussi l'affaire du père, bon sang ! Tu ne peux pas continuer à me tenir ainsi à l'écart ! Quand je suis né, mon père a tout pris en charge, et pourtant c'était il y a plus de trente ans.

— Il a arrêté son travail ?

— Il s'est adapté. Ma mère est morte juste après m'avoir mis au monde, expliqua-t-il d'une voix sourde. Il a refusé de me confier à mes grands-parents qui, pourtant, ne demandaient que ça. Alors il a dû cesser de grimper, et s'est reconverti dans le tourisme de l'extrême. C'est lui qui, le premier, a organisé des treks dans l'Himalaya, des expéditions en Amazonie. Il a commencé par une petite entreprise qui est devenue une référence. Doté d'un excellent sens des relations publiques, il avait une clientèle triée sur le volet. Il avait tant de charme ! ajouta-t-il avec émotion.

— Comme toi…, murmura Kelsi comme si elle se parlait à elle-même.

Il crut avoir mal entendu et préféra ne pas relever, mais son pouls s'accéléra subitement.

— J'ai fait des dizaines de voyages avec lui, et bien sûr il m'a très vite transmis son amour de la montagne, reprit-il après un silence. Mais il n'a plus jamais fait d'ascension en solo. Trop dangereux, disait-il. Quand on a un enfant, on ne prend pas de risques. Il a mis sa carrière de grimpeur entre parenthèses pour pouvoir m'assurer une vie confortable et être le plus possible avec moi.

— A-t-il pu reprendre son activité plus tard ? Réaliser ses rêves ?

La gorge de Jack se serra.

— Il y est presque arrivé… Quand la société a été sur les rails, et juste après avoir lancé le lodge, il a commencé à penser à l'Everest, qu'il avait toujours voulu épingler à son palmarès. Il était en train de préparer l'expédition, il devait partir avec des amis, et puis…

Il s'interrompit, les poings soudain serrés.

— Il a eu une attaque. Il est mort en quelques secondes, à son bureau, devant une carte de l'Himalaya. S'il n'avait pas eu seulement quarante-huit ans, ç'aurait été une belle mort pour un alpiniste…

Mais ç'avait été atroce.

Jack avait dix-huit ans, et pour lui le monde s'était écroulé. L'homme qui avait été et son père et sa mère avait disparu, le laissant dans une extrême solitude affective.

C'est là qu'il avait décidé de brûler la chandelle par les deux bouts, de ne pas attendre. Pourquoi repousser ce qu'on peut faire aujourd'hui ? Réaliser son rêve, c'était ça, l'urgence ! A trop attendre, son père n'avait jamais été au bout de ce projet qui lui tenait tant à cœur.

Plus jeune, Jack s'était étonné qu'il ne parte pas en expédition avec ses amis. « Je me débrouillerai très bien tout seul ! », avait-il assuré pour le convaincre d'aller retrouver ses montagnes chéries.

Mais à présent, il comprenait. L'instinct de paternité, ça ne se commandait pas…

Pour lui aussi, le sport passait désormais au second plan. Sa priorité à présent, c'était ce bébé à naître, et la femme qui le portait. Après la naissance, quand il se serait assuré que la mère et l'enfant allaient bien, il envisagerait de reprendre le sport de haut niveau, les compétitions aux quatre coins du monde.

— Et toi ? Tu n'as jamais voulu grimper.

Il sourit.

— Je suis un homme pressé, j'ai toujours préféré descendre les pentes plutôt que les monter… J'ai fait du snowboard dès mon plus jeune âge. Dès que j'avais fini mes devoirs, je partais sur les pistes.

— Tu n'allais pas à l'école ? s'étonna Kelsi.

— Au début, si. Et puis je me suis mis à suivre mon père aux quatre coins du monde et c'est lui qui me donnait des cours particuliers. Ensuite, j'ai étudié par correspondance pour pouvoir m'entraîner. J'ai toujours tout misé sur le sport.

Elle réfléchit un instant.

— Et maintenant ? demanda-t-elle. Quel est ton nouveau défi ?

— Les jeux Olympiques, répondit-il d'un ton grave. Je m'y prépare déjà depuis des mois.

Kelsi plongea ses yeux dans ceux de Jack.

— Et après ? murmura-t-elle. Le jour où tu ne pourras plus pratiquer ton sport, comment feras-tu pour donner un sens à ta vie ?

9.

Trois coups discrets à la porte. C'était sûrement Jack, toujours en panne de gazinière, se dit Kelsi. Troublée comme toujours à l'idée de le retrouver, elle alla lui ouvrir.

A l'évidence, il n'était pas venu pour dîner…, constata-t-elle, muette d'admiration.

Avec son costume gris foncé dont la coupe parfaite accentuait sa prestance naturelle, sa chemise rose pâle qui mettait en valeur son teint hâlé, sa cravate de soie sauvage, il avait une classe folle.

Plus elle le voyait, plus elle était sous le charme, pensa Kelsi, le cœur battant.

— Est-ce ta tenue de cuisinier ? lança-t-elle d'un ton ironique qui, elle l'espérait, masquerait son émotion.

— Ne te moque pas ! répliqua-t-il en souriant. Je n'ai pas l'intention de faire la cuisine, mais je t'ai apporté un dîner que tu n'auras plus qu'à réchauffer. Moi, je sors…

Elle dissimula son désappointement. Probablement allait-il passer la soirée en bonne compagnie, mais il avait au moins la délicatesse de ne pas le lui préciser.

Kelsi imagina sans peine la ravissante créature qu'il inviterait au restaurant, à laquelle il ferait les yeux doux toute la soirée, avant de finir au lit avec elle. Sans doute chez elle, car là encore jusqu'à présent elle devait admettre qu'il faisait preuve de tact : il n'avait jamais ramené une conquête pour la nuit.

— J'assiste à un gala caritatif qui permet aux sportifs de rencontrer leurs fans, tout ça pour la bonne cause, bien sûr. Les plus chanceux ont le droit de dîner à notre table. Il y a de quoi avoir la grosse tête, non ? ajouta-t-il en souriant.

Elle lui rendit son sourire, soudain détendue.

La vision cruelle de Jack faisant du genou à une beauté blonde lors d'un dîner en tête à tête s'évanouit brusquement. Mais il y aurait sans doute des femmes prêtes à se jeter dans ses bras à cette soirée, se dit-elle aussitôt. Au fond, elle ne savait pas ce qui était le pire…

— Pourquoi ne viendrais-tu pas avec moi ? demanda-t-il tout à coup.

Elle garda le silence.

— Le gala a lieu dans une nouvelle galerie d'art dont tout le monde parle, reprit-il. Tu adorerais, j'en suis sûr !

Pourquoi insistait-il ? se demanda Kelsi, mal à l'aise. Apparaître à son côté à une soirée officielle où on aurait les yeux rivés sur lui ? Elle ne serait pas à la hauteur, et tout le monde se moquerait de lui…

— Allons, Kelsi, lâche-toi ! s'écria-t-il, agacé. Prends du bon temps, que diable ! Tu ne vas pas rester seule ici un vendredi soir…

Jack avait pitié d'elle : s'il l'invitait ainsi à la dernière minute, c'était par charité, comprit-elle, profondément blessée. Tout s'expliquait…

— Non, merci, répondit-elle enfin d'une voix crispée. Je suis fatiguée.

Elle ne remarqua pas la lueur d'inquiétude qui assombrit son regard.

— Fatiguée ? Tu n'as pas de problème, j'espère ? s'exclama-t-il d'un ton soucieux.

— Non, aucun problème, répondit-elle d'un ton sec.

— Bon, très bien, fit-il. Je te laisse. Mais promets-moi de manger quelque chose. Tu as une petite mine.

— Je te promets, assura-t-elle. Vas-y, tu vas être en retard.

Qu'il parte ! pensa-t-elle, au supplice. Elle ne voulait pas de sa compassion, de sa gentillesse, de cette sollicitude qu'il lui manifestait pour la seule raison qu'elle portait son enfant. Elle voulait ce qu'il ne pouvait pas lui donner…

Il se dirigea lentement vers la porte et s'arrêta net.

— Au fond, je ne sais pas si j'ai très envie d'y aller, fit-il observer comme s'il se parlait à lui-même.

— Mais si ! insista-t-elle. Tu vas bien t'amuser, j'en suis certaine…

Il l'observait avec insistance et elle plaqua sur ses lèvres un sourire forcé.

— Tu es sûre que ça va ? demanda-t-il d'un air inquiet.

— Mais oui ! Je vais me coucher avec un bon bouquin et passer une soirée délicieuse…

Elle ne sut pas si ses paroles l'avaient convaincu, mais il finit par partir.

Il était temps.

Une violente nausée la saisit et elle se précipita aux toilettes. Puis elle fit une longue pause dans la salle de bains. Après s'être rafraîchie et recoiffée, elle se planta devant le miroir et se regarda comme si elle ne s'était jamais vue.

Depuis sa grossesse, elle avait cessé de se teindre les cheveux et sa couleur naturelle reprenait le dessus. Pourvu que son enfant n'hérite pas de ce roux flamboyant qui l'avait tant fait souffrir, pensa-t-elle. Pourvu qu'il ressemble à Jack et pas à elle !

Elle enleva ses verres de contact teintés et se passa de l'eau sur le visage. Pourquoi sa peau était-elle aussi blanche, se dit-elle, à l'heure où la mode était d'être bronzée ? Elle aurait dû vivre à l'époque victorienne, elle aurait peut-être eu une chance d'attirer les regards masculins !

Heureusement qu'elle n'avait pas accepté la proposition de Jack. Non seulement elle n'avait pas le look pour aller à ce genre de soirées, mais elle n'était pas douée pour les conversations mondaines.

Elle aurait été ridicule, d'autant qu'il l'aurait sans doute laissée en plan pour faire la fête avec ses fans, des filles autrement plus séduisantes et amusantes qu'elle.

Pour la première fois depuis le début de la semaine, elle se mit à pleurer — en silence, image même du désespoir et de la solitude…

Elle trouva la force de s'allonger sur le canapé et s'y pelotonna, un coussin sur son ventre.

Quand elle était enfant, elle avait longtemps cru que, peut-être, un jour, une marraine inconnue surgirait de nulle part et la transformerait en cette jolie fillette blonde aux yeux bleus que son père avait toujours souhaité avoir.

Mais la gentille marraine n'était jamais venue : elle devait apprendre à vivre avec elle-même, son angoisse et ses cheveux roux, et c'était très dur…

Au loin, l'entrée de la galerie brillait de tous ses feux, et une foule animée s'y engouffrait.

Jack ralentit le pas. En fait, il n'avait pas envie de les rejoindre. Pas sans Kelsi.

Il n'arrivait toujours pas à comprendre pourquoi elle avait refusé si obstinément de l'accompagner. Pourtant, elle s'intéressait à l'art, elle ne connaissait pas cette galerie qui venait d'ouvrir, et elle aurait sans doute apprécié la soirée !

Il voulait être avec elle, réalisa-t-il soudain : il en avait assez de cette distance qu'elle maintenait entre eux contre vents et marées.

Il fallait que cela change, qu'ils trouvent un autre mode de fonctionnement. Ces dîners où elle le regardait en chien de faïence commençaient à le lasser, et il estimait n'avoir rien fait pour mériter un tel traitement.

Pris d'une soudaine impulsion, il tourna les talons et rebroussa chemin.

Il frappa discrètement, mais elle ne répondit pas. Alors, inquiet, il poussa la porte qu'elle n'avait pas fermée à clé. Dormait-elle déjà ?

Il pénétra à pas de loups dans le salon et, quand il l'aperçut, s'arrêta net. Recroquevillée sur le canapé, un coussin entre les bras, elle ne le voyait pas. D'abord, il la crut endormie, mais il s'aperçut que ses épaules bougeaient comme… secouées de sanglots. Alors, il avança d'un pas, incrédule.

Cette fois, elle l'entendit et se redressa, l'air hagard. Il comprit tout de suite à ses yeux gonflés que sa première impression était la bonne : elle pleurait.

Son cœur se mit à battre à toute vitesse, exactement comme quand il abordait les virages les plus dangereux sur les pistes les plus abruptes. Mais cette fois, l'épreuve était autrement plus difficile à affronter qu'une pente verglacée…

— Kelsi, murmura-t-il, que se passe-t-il ? Quelque chose ne va pas ?

— Va-t'en, balbutia-t-elle d'une voix étranglée. Laisse-moi.

Elle détourna la tête pour lui cacher ses larmes, mais c'était peine perdue. Alors Jack alla chercher un mouchoir en papier dans la cuisine et le lui tendit.

Elle s'essuya les yeux, sembla hésiter un instant et leva la tête.

Stupéfait, il vit qu'elle avait enlevé ses lentilles, et découvrit la véritable couleur de ses yeux, un magnifique doré pailleté de gris. Pourquoi s'obstinait-elle à dissimuler un regard aussi extraordinaire derrière des lentilles teintées ? se demanda-t-il, stupéfait. Il s'apprêtait à lui poser la question quand elle reprit la parole.

— Que fais-tu ici ? lança-t-elle avec une agressivité à peine dissimulée. Il n'y avait pas de soirée ?

— Tu n'as pas répondu à ma question, coupa-t-il. Quel est le problème ? Le bébé va bien ?

Elle avait un air si égaré qu'il éprouva soudain l'envie irrépressible de la prendre dans ses bras et de la serrer contre lui. Mais ce n'était vraiment pas le moment…

— Oui, très bien.

Il l'observa.

— Tu as besoin de te distraire, Kelsi, déclara-t-il d'un ton posé. Tu passes tes journées à travailler comme une bête, et le soir tu restes chez toi sans bouger. Ce n'est pas une vie pour une femme de ton âge ! Je sais que tu es enceinte, mais tu pourrais quand même t'octroyer quelques sorties de temps en temps, profiter des occasions qui se présentent. Comme ce soir, conclut-il. Viens avec moi !

A son silence persistant, il comprit qu'elle était ébranlée.

— Non, merci, vas-y tout seul, balbutia-t-elle enfin.

Elle voulait vraiment se débarrasser de lui ! pensa-t-il avec une rage sourde. Pourquoi lui en voulait-elle à ce point ? Pourquoi ne laissait-elle pas à leur relation une chance de se développer ? Pour elle, il n'était rien d'autre qu'un géniteur, celui qui lui avait fait son enfant. Dès qu'il essayait d'établir un contact avec elle, elle lui manifestait une hostilité redoublée.

Elle faisait preuve d'une telle mauvaise volonté qu'il se décida à employer les grands moyens.

— Ecoute, Kelsi, commença-t-il, si tu ne viens pas avec moi, je n'y vais pas. C'est simple, non ?

Elle poussa un soupir qui trahissait son embarras.

— Voyons, Jack, je…

— Allons, viens ! insista-t-il. On ne fera pas de vieux os, si tu n'y tiens pas !

— Je n'ai rien à me mettre, protesta-t-elle, à bout d'arguments.

— Comment, rien à te mettre ? Personne ne sera en robe de bal, je te rassure !

— Mais, je…

— Viens comme tu es, coupa Jack, lapidaire. Tu es parfaite.

Elle releva brusquement la tête, incrédule.

— Parfaite ? Tu veux rire, j'imagine ?

— Pas du tout, rétorqua-t-il, soudain grave. Je dis la vérité. Je serai très fier d'arriver avec toi à mon bras.

Il y eut un silence. Les paroles de Jack lui paraissaient si invraisemblables que Kelsi mit un certain temps à comprendre qu'elle ne rêvait pas.

— Je t'en prie…, s'entendit-il lui dire d'un ton suppliant.

Leurs regards se croisèrent, et à la lueur trouble qui brilla dans ses yeux dorés Jack comprit qu'il avait gagné.

— D'accord, balbutia-t-elle. Laisse-moi un instant…

Il la regarda partir vers la salle de bains, et un sourire de triomphe se dessina sur ses lèvres.

Il avait remporté la première bataille…

La porte refermée, Kelsi se regarda longuement dans la glace. Pourquoi avait-elle cédé ? s'interrogea-t-elle, paniquée. Elle n'allait pas savoir que dire, que faire, elle ferait honte à Jack, et tout le monde la regarderait d'un air navré.

Pourtant, quelque chose en elle la poussait à affronter cette foule, à relever le défi que lui lançait Jack. Il avait raison, elle ne pouvait pas rester terrée chez elle comme une petite vieille. Et après tout, si elle était ridicule, ce ne serait pas bien grave…

Elle s'apprêtait à choisir des lentilles de couleur quand elle réalisa qu'avec ses yeux gonflés par les larmes, elle ne pourrait pas les porter. Tant pis, songea-t-elle, le sort en était jeté. Jack et ses amis devraient supporter cette couleur étrange qui la complexait tant…

Elle recoiffa à la hâte l'incroyable masse de ses boucles auburn, garda sa jupe longue à volants et choisit un haut échancré dans le dos. D'habitude elle rajoutait toujours un grand foulard pour se couvrir, mais cette fois-ci elle le laissa dans son placard. Elle ne pouvait pas continuer à se cacher ainsi, il était temps de s'assumer ! se dit-elle pour se donner du courage.

Jack avait commandé un taxi.

— Tu risques de trouver certains de mes amis sportifs un peu… excités, déclara-t-il tandis que le chauffeur démarrait.

— Excités ? répéta-t-elle, inquiète.

— Oui, tu vois ce que je veux dire ! Ils aiment faire la fête, s'amuser…

— Je vois, dit-elle. Je ne suis pas ce qu'on appelle une

fêtarde, c'est le moins que l'on puisse dire, mais j'essaierai de ne pas trop détonner…

Dans la galerie, une foule gaie et bruyante se massait autour du buffet d'apéritifs, et le champagne coulait à flots. Mannequins, sportifs, journalistes : Kelsi nota toute une faune branchée qu'elle n'avait pas l'habitude de fréquenter.

— Viens, mes copains sont par là ! lança Jack en la prenant par le bras.

Elle se laissa faire en dissimulant son appréhension. Les amis de Jack allaient sûrement se demander ce qu'il faisait avec une fille comme elle, mais tant pis…

A son grand soulagement, ils l'accueillirent avec chaleur, et elle se sentit un peu moins mal. Elle se tint un peu à l'écart tandis que Jack se mettait à discuter avec un beau blond à l'impressionnante carrure qu'elle reconnut comme une star du rugby.

Tout à coup, elle prêta l'oreille. Elle était sûre que les trois garçons à côté d'elle parlaient d'elle.

— T'as vu la copine de Jack ? murmura l'un d'eux.

— Ouais, elle est mortelle !

Le sang de Kelsi se figea et elle baissa la tête, atterrée. Elle avait eu raison de prévoir le pire ! Mortelle ! C'est tout ce qu'ils trouvaient à dire sur elle ?

Elle n'aurait jamais dû venir, pensa-t-elle, au supplice.

— Tout va bien ? demanda Jack en notant sa pâleur.

Elle hocha la tête, incapable de parler.

— Je vais te présenter aux copains avec lesquels je m'entraîne, annonça-t-il.

Et elle dut aller saluer les trois sportifs dont elle venait de surprendre les paroles méprisantes.

— Max, Tahu, et Drew, annonça Jack.

Ils la saluèrent d'un signe de tête, et donnèrent une bourrade à Jack.

— Salut, Jack, lança Max. Alors, ton genou ?

— Je récupère. Et vous ? C'était comment, les championnats de Silverton ?

— Mortel ! s'exclama Max, enthousiaste.

Kelsi le dévisagea, incrédule. Pourquoi cet air ravi si c'était mortel ?

— Vraiment ?

— Oui, les meilleurs championnats de ma vie ! Dommage que tu aies raté ça !

Kelsi n'y comprenait plus rien.

— Mortel, ça veut dire quoi ? demanda-t-elle à Jack en aparté.

— Mortel, ça veut dire génial, superbe, magnifique, expliqua-t-il. Ne me dis pas que tu n'as jamais entendu cette expression !

— Si ! Juste une fois…, répondit-elle avec un large sourire qu'il ne comprit pas.

Tout en parlant avec Drew, il lui passa une main autour de la taille. Bouleversée, elle eut le plus grand mal à garder ses esprits. Il ne l'avait pas touchée depuis si longtemps que ce simple geste l'affolait.

Puis, comme elle ne bougeait pas, il profita de l'échancrure dans son dos pour la caresser du pouce. Elle retint avec peine un frisson…

— Tu fais du skate, Kelsi ? lui demanda Drew.

— J'ai essayé de l'initier, mais pour l'instant… on ne précipite pas les choses, intervint Jack.

Il lui adressa un sourire complice qu'elle lui rendit, chavirée. Ils étaient les seuls à savoir qu'ils allaient avoir un enfant, et c'était merveilleux de partager ce secret, pensa-t-elle.

— On attend sept mois, d'accord ? lui glissa-t-il à l'oreille en la serrant plus fort contre lui.

L'émotion la saisit, la tendresse la submergea, et elle se demanda où ils allaient. Tout ça était-il raisonnable ?

A cet instant, on annonça que le dîner était servi et elle n'eut pas le temps de réfléchir à la question.

*
* *

Ils prirent place à la table d'honneur aux côtés des autres athlètes et de quelques fans privilégiés. Avec patience et modestie, Jack se mit à répondre aux multiples questions de ces derniers sans jamais manifester sa lassitude. Il était visiblement le plus courtisé des invités, constata Kelsi, impressionnée. Les fans le dévoraient du regard, bouche bée d'admiration, et les femmes tentaient d'attirer son attention, subjuguées.

Elle réprima un ridicule sentiment de jalousie. Il n'y avait rien entre elle et Jack, tenta-t-elle de se convaincre, rien en dehors de cet enfant conçu lors d'un bref moment de passion…

Le dessert était déjà servi quand arriva une superbe blonde aux yeux bleus, à l'air conquérant et à la silhouette musclée. Une sportive, sans aucun doute, conclut Kelsi aussitôt sur ses gardes.

— Toujours en retard, Tori ! s'écria Drew en se levant pour l'embrasser.

Tori se mit à rire et se tourna vers Jack.

— Bonjour, ma belle ! lança-t-il en la serrant dans ses bras. Je te présente la future championne néo-zélandaise de snowboard, ajouta-t-il à l'intention de Kelsi.

Jack, Drew et Tori se mirent alors à se donner des nouvelles de leurs dernières compétitions et à discuter technique, et soudain Kelsi se sentit de trop.

Comme pour Cendrillon après les douze coups de minuit, la réalité reprenait ses droits, songea-t-elle, la gorge nouée. Elle était redevenue une fille ordinaire qui ne soutenait pas la comparaison face à l'éclatante Tori, belle, spirituelle… et championne.

Elle les regarda bavarder sans les entendre. Pourquoi écouter ? Elle ne comprenait rien à ce qu'ils disaient, ne partageait pas leur passion.

Elle n'aurait jamais dû venir…

*
* *

L'orchestre entama une première danse. Un slow…

Jack allait sûrement inviter Tori, songea Kelsi avec une lucidité douloureuse.

Mais non ! Stupéfaite, elle le vit se lever et se pencher vers elle. Puis, d'autorité, il la prit par la main et l'entraîna vers la piste.

Le cœur de Kelsi se mit à battre la chamade. La raison la poussait à refuser, mais la raison n'avait tout à coup plus cours…

Comment résister à cette envie irrépressible de se lover contre Jack, de s'abandonner au cercle protecteur de ses bras ?

Elle en était tout simplement incapable…

D'ailleurs, pourquoi se refuser un moment de plaisir ? Jack avait raison, il était grand temps qu'elle pense à elle et profite de la vie…

Mais quand il l'enlaça, elle sentit les regards des autres couples se poser sur eux et de nouveau un terrible malaise s'empara d'elle. Ils devaient tous se demander pourquoi Jack perdait son temps avec cette étrange rouquine au lieu d'inviter la ravissante Tori, qui à l'évidence ne demandait que ça.

— Il y avait des tas de femmes superbes à notre table, ne put-elle s'empêcher de murmurer. C'est bizarre que tu m'aies invitée…

Il s'écarta et lui lança un coup d'œil chargé d'incompréhension.

— Bizarre ? Mais pas du tout ! Tu es au moins aussi superbe qu'elles ! protesta-t-il.

Elle réprima la joie que ce compliment provoquait en elle. Il voulait juste être gentil, conclut-elle, la rassurer… Mais au fond d'elle-même, elle savait qu'il mentait.

Elle serra les lèvres, au supplice, et s'efforça de reprendre le contrôle d'elle-même. Jack ne devait pas deviner son calvaire…

*
* *

Quand Jack la sentit se figer dans ses bras et nota sa pâleur, tout lui parut limpide, tout à coup. Elle ne s'aimait pas, comprit-il brusquement. C'était pour cette raison qu'elle se cachait sous ses vêtements informes, ses jupes trop longues, ses lentilles teintées, ses cheveux colorés !

Ce qu'il avait pris pour un simple excès d'excentricité était en réalité un camouflage ! Kelsi avait d'elle une image si négative qu'elle n'imaginait même pas pouvoir rivaliser avec les femmes qui assistaient à cette soirée…

Si elle avait su à quel point sa beauté mystérieuse était fascinante, par rapport à ces femmes trop maquillées qui cherchaient à attirer son attention !

Il ne les remarquait même pas, indifférent à leurs regards appuyés, à leurs tenues aguichantes : il ne voyait que Kelsi, si différente avec ses cheveux cuivrés, ses yeux dorés, ce sourire timide qui le faisait chavirer.

Elle n'avait pas la moindre idée de l'attrait qu'elle exerçait sur les hommes, de cette sensualité délicieuse que dégageait son corps menu, sa fragilité.

Comment lui redonner confiance en elle, la convaincre qu'elle avait un pouvoir sur les hommes si subtil que la plus sexy des bimbos ne soutenait pas la comparaison ?

Après quelques secondes de réflexion, il en vint à une deuxième conclusion, tout aussi évidente.

Si elle avait de lui l'image d'un dragueur invétéré et sans scrupule, c'était parce qu'elle ne pouvait pas croire qu'il ait été attiré par elle. Elle devait être convaincue qu'il l'avait séduite par hasard, profitant de sa bonne fortune avec la première venue.

Comme elle se trompait ! Sur elle, sur lui !

D'une part, Kelsi était la plus attirante des femmes qu'il

ait jamais rencontrées, et d'autre part lui n'avait rien d'un don Juan !

Comment en était-elle arrivée à avoir d'elle-même une image aussi dégradée ? Etait-ce un traumatisme dans l'enfance ? Une première expérience amoureuse ratée ?

Il finirait par savoir, se promit-il, et il l'aiderait à vaincre ce qui la freinait, l'empêchait d'être elle-même.

D'une manière ou d'une autre, il lui ferait comprendre qu'elle était non seulement belle, mais infiniment désirable, et qu'elle avait le pouvoir de rendre fou n'importe quel homme en général, et lui en particulier.

Et, la patience n'étant pas sa qualité première, il allait s'y employer sans attendre, en l'occurrence tout de suite !

10.

— Que dirais-tu de rentrer ? lui suggéra-t-il tout à coup.

— Déjà ? Mais il est à peine 11 heures ! lança-t-elle, étonnée.

— Mon genou me gêne…

Le procédé n'était pas très élégant, mais il obtint ce qu'il voulait : elle n'insista pas.

Le taxi ne mit qu'une dizaine de minutes à les ramener. Jack raccompagna Kelsi jusqu'à sa porte.

— Bonsoir, dit-elle.

Il ne répondit pas.

— Tu ne vas pas te coucher ?

— Non.

— Mais je croyais que tu avais mal au genou !

— Je n'ai pas mal au genou.

Elle fronça les sourcils, perplexe.

— Comment ?

— Je n'ai pas mal au genou. Je t'ai menti parce que je voulais rentrer. Pour t'embrasser…

Elle ouvrit de grands yeux incrédules.

— Oui, reprit-il sans lui laisser le temps de prononcer la moindre parole. J'ai terriblement envie de t'embrasser. Je n'ai pas touché une seule fille depuis cet après-midi sur la plage, Kelsi. J'ai envie de toi. Parce que tu es belle, infiniment sexy.

Elle resta muette de surprise et d'émotion.

— Tu ne me crois pas, n'est-ce pas ? demanda-t-il.

Pour toute réponse, il n'eut droit qu'à son silence. Les

poings serrés, l'air buté, elle évitait son regard, comme si elle avait peur de ce qu'elle allait y lire.

Jack se força à réfléchir. S'il s'était écouté, il aurait pris les lèvres de Kelsi pour la convaincre par un baiser de ce qu'il affirmait. Mais il comprit qu'au-delà des gestes, elle avait besoin d'être rassurée par des mots.

— Tu veux savoir ce que je vois quand je te regarde ? demanda-t-il d'une voix douce.

Elle releva la tête presque timidement.

— Je vois une jeune femme ravissante, aux traits délicats. Elle a un corps délicieusement féminin, des petits seins en poire et une taille si fine que je pourrais presque l'enserrer avec mes deux mains. Je vois ses attaches délicates, ses doigts aux ongles nacrés comme des coquillages, sa peau veloutée qu'on a envie d'embrasser, de caresser. Et puis il y a son visage, ses extraordinaires yeux d'or, ses cheveux au roux flamboyant, sa bouche aux lèvres si bien ourlées qu'on a l'impression qu'elles sont l'œuvre d'un sculpteur.

Il s'arrêta et croisa son regard brûlant. Kelsi semblait tétanisée par ses paroles.

— Je continue ?

— Jack..., balbutia-t-elle, le souffle court.

— Tu me rends fou, Kelsi, murmura-t-il, et je n'en peux plus de dormir à quelques mètres de toi sans pouvoir te toucher.

— Jack..., répéta-t-elle, éperdue.

— Quand je pense à toi, je vois aussi ton sourire, cette étincelle qui s'allume dans ton regard quand tu es heureuse, je me souviens de ces moments sur le sable, de ta passion, de ton audace...

Il posa une main sur le mur et se pencha sur elle.

— Et maintenant, tu veux savoir ce que je vais faire ? poursuivit-il d'une voix rauque.

Un frisson parcourut Kelsi, le désir l'envahit avec une violence qui la laissa pantelante. Ce n'étaient que des mots, se dit-elle alors dans un sursaut de lucidité. Jack savait parler aux femmes, c'est tout...

— Je vais t'embrasser jusqu'à t'en faire perdre le souffle. Je vais glisser les mains dans tes boucles et te pencher la tête en arrière, puis je vais descendre le long de ton cou, embrasser la chair douce…

Elle se mit à trembler. Il ne la touchait pas, mais ses paroles étaient empreintes d'une telle charge sensuelle qu'elle aurait pu le croire.

— Quand tu seras palpitante de désir, je glisserai ma main sous ton chemisier, je dégraferai ton soutien-gorge et je libérerai tes jolis petits seins. Tes mamelons seront déjà durs, et je prendrai plaisir à les lécher, à les mordiller, jusqu'à t'arracher des gémissements.

Elle ferma les yeux, bouleversée, et un gémissement, tout à fait réel celui-là, lui échappa.

— Jack…, balbutia-t-elle de nouveau, dans un état second.

— Et puis je t'enlèverai ta jupe, et tout ce qui m'empêche d'accéder à cet endroit précieux que tu gardes pour moi, Kelsi. Tu seras prête, et je te goûterai avec délice tandis que tu t'ouvriras à moi. Tu soupireras de plaisir entre mes bras. Puis tu me supplieras de te posséder et je te ferai attendre, exprès, pour porter ton désir au paroxysme. Je te pénétrerai d'un coup, violent, brutal, et tu crieras ton plaisir sous mes assauts.

Il s'écarta légèrement d'elle et capta son regard.

— C'est ça que tu veux, Kelsi ? demanda-t-il de sa voix de basse.

Ivre de désir et d'émotion, elle hocha la tête.

Elle avait envie de croire à toutes ces paroles merveilleuses qu'il venait de prononcer, envie de se perdre encore une fois avec lui dans un monde de sensations magiques dont lui seul avait la clé, envie de tout oublier sauf le bonheur de le retrouver.

Il se pencha vers elle et prit la bouche qu'elle lui tendait, tout en glissant la main dans ses cheveux. Leur baiser d'une extraordinaire intensité se prolongea, et elle souhaita qu'il ne s'arrête jamais.

Puis Jack se détacha d'elle et lui mordilla les lèvres avec

une telle fougue qu'elle crut ne pas pouvoir supporter la violence de la sensation.

Ils brûlaient du même feu intérieur, de la même soif de s'appartenir. Ils ouvrirent des boutonnières, firent glisser des fermetures Eclair, tirèrent violemment sur leurs vêtements au risque de les déchirer. Rien ne devait entraver cette urgence qu'ils avaient de se retrouver peau contre peau.

Hagards, ils se hâtèrent jusqu'à la chambre, toujours enlacés, et s'abattirent sur le lit. Jack acheva de déshabiller Kelsi avec une sorte de frénésie, tant il avait attendu ce moment où elle lui offrirait de nouveau sa nudité.

Ivre de passion, il s'immobilisa pour admirer quelques secondes ses hanches menues, ses adorables seins en poire, ses longues cuisses fuselées, mais bientôt l'urgence du désir le saisit.

Il fallait qu'il la fasse sienne, sur-le-champ. Il ne pouvait plus attendre. Le regard de Jack acheva d'électriser Kelsi, qui sentit sa respiration s'accélérer quand il l'attira à lui…

Le moment était venu de s'unir comme seuls un homme et une femme sur le point de s'aimer pouvaient le faire.

Quand Jack la pénétra au plus profond, si viril, si puissant, il resta un instant immobile et ils échangèrent un long regard chargé d'une telle émotion que les larmes perlèrent aux yeux de Kelsi.

C'était si beau de le sentir de nouveau en elle ! pensa-t-elle, éblouie. Avec Jack, elle se sentait femme à part entière, elle était enfin fière de son corps, malgré ses imperfections… Il avait le pouvoir de libérer en elle des forces sensuelles dont elle ne soupçonnait même pas l'existence.

Sous ses regards, sous ses caresses, elle devenait une autre, une femme sûre de son pouvoir de séduction, de sa beauté, s'autorisant toutes les audaces. Et elle finissait presque par croire aux paroles si élogieuses qu'il avait prononcées…

Ils atteignirent ensemble le point de non-retour, puis restèrent enlacés, incapables de se détacher l'un de l'autre.

Kelsi, comblée, avait la sensation merveilleuse de ne faire plus qu'un avec Jack. Elle eut tout à coup une bouffée de tendresse pour cet enfant qu'elle portait en elle et qui, quoi qu'il arrive, les liait à jamais l'un à l'autre.

Mais Jack était insatiable. Il somnola un moment, la tête dans le creux de l'épaule de Kelsi, et bientôt le désir monta de nouveau en lui.

Cette fois, ils firent l'amour avec une sorte d'apaisement, une douceur nouvelle, une infinie complicité.

Kelsi se lova contre Jack et inspira pour mieux s'imprégner de son odeur mâle.

Puis elle ferma les yeux, extatique.

Jamais elle n'avait été aussi heureuse…, pensa-t-elle.

Avec Jack, sa vie avait enfin un sens.

11.

Elle s'éveilla, reposée, et reprit peu à peu conscience du monde extérieur… et de Jack, nu à son côté.

Sa beauté virile la bouleversa et des larmes d'émotion lui montèrent aux yeux.

Il la dévisagea avec un sourire attendri.

— Kelsi…, murmura-t-il en lui effleurant les lèvres de l'index avec une infinie douceur, tu vas bien ?

Pour toute réponse, elle se lova contre lui tandis qu'un frisson la parcourait jusqu'au cœur de sa féminité.

Elle s'étonna elle-même de ces forces irrépressibles qui la poussaient vers lui. Comment pouvait-elle avoir soif de lui à ce point alors qu'ils venaient de faire l'amour encore et encore à en perdre la raison ? Il l'avait littéralement ensorcelée !

Il l'enlaça d'un geste possessif en lui glissant un genou entre les jambes et elle s'ouvrit à lui pour mieux s'offrir à sa délicieuse pression.

— La journée sera longue, et j'ai bien l'intention de la passer au lit, murmura-t-il d'une voix rauque. Tu n'es pas trop fatiguée ?

Elle éclata de rire.

— Fatiguée ? C'est moi qui vais t'épuiser, tu vas voir !

Il rit à son tour, roula sur elle, et bientôt plus rien n'exista que leurs deux corps enlacés et leurs souffles de plus en plus saccadés qui se faisaient écho.

En début d'après-midi, Jack abandonna Kelsi quelques instants pour acheter des fruits et du fromage.

Ils mangèrent de bon appétit, puis s'allongèrent dans les bras l'un de l'autre sur le grand lit aux draps en bataille. Le soleil entrait par la fenêtre, les caressant de ses rayons.

C'était le paradis, se dit Kelsi. Quoi qu'il arrive entre eux par la suite, elle garderait toujours précieusement dans le secret de son cœur le souvenir de ces moments idylliques…

— Pourquoi persistes-tu à cacher ces yeux si fascinants ? demanda tout à coup Jack.

Elle hésita à répondre. D'ordinaire, jamais elle n'évoquait ce sujet sensible, mais elle se sentait en si parfaite communion avec Jack qu'elle se laissa aller à se confier.

— Parce que leur couleur me vient de mon père, et que j'ai toujours tout fait pour oublier mon père, expliqua-t-elle d'une voix soudain crispée.

Intrigué, Jack s'appuya sur un coude et l'observa attentivement.

— Pourquoi ?

— Parce qu'il nous a abandonnées, ma mère et moi, après pas mal d'allers-retours qui étaient chaque fois une torture. Il ne nous a fait que du mal, acheva-t-elle, la gorge serrée.

— Tu ne le vois plus ?

— Non, depuis des années déjà. Il a une belle-fille à présent, la fille de sa deuxième femme, qu'il considère comme sa véritable fille. Une jolie blonde aux yeux bleus, juste comme il voulait. Moi, il m'a rayée de la carte.

— Mais pourquoi ?

— Parce que je n'étais pas l'enfant qu'il souhaitait. Trop rebelle, trop rousse, trop semblable à lui peut-être… Toujours est-il qu'il ne s'est jamais intéressé à moi. Une année sur deux, il oubliait de me téléphoner pour mon anniversaire, et ne m'a jamais donné un seul cadeau. Quand j'ai terminé mes études, il ne s'est même pas manifesté, précisa-t-elle, amère.

Elle s'interrompit, puis prit une profonde inspiration et se força à sourire.

— Tout ça, je commence à l'assumer, affirma-t-elle d'une voix plus assurée. Et tant mieux ! Quand on va avoir un bébé, mieux vaut avoir réglé ses comptes avec ses propres parents, n'est-ce pas ?

Tout à coup, elle songea à cet enfant qu'ils avaient fait sans le vouloir, à cette passion charnelle qui était leur seul lien, et son cœur se serra. Jamais elle n'aurait dû retomber dans les bras de Jack, pensa-t-elle. Elle se mettait en danger, alors qu'elle aurait dû se protéger et tout faire pour que leur relation s'apaise dans l'intérêt du bébé.

Car il se détournerait forcément d'elle avec le temps et elle savait déjà que sa souffrance serait insupportable…

Elle se leva et gagna la salle de bains.

Là, elle se regarda dans la glace et tenta de se convaincre qu'elle n'était pas amoureuse de Jack. Ce n'était qu'une question d'attirance physique, rien de plus, se dit-elle, la gorge nouée.

Il la rejoignit tout à coup sans qu'elle l'entende arriver et se plaça derrière elle, les mains sur ses hanches.

— Tu es ravissante, Kelsi, lui chuchota-t-il à l'oreille en captant son regard dans le miroir. Et peu importe qui t'a donné la couleur de tes yeux, je l'adore…

Chavirée d'émotion, elle oublia toutes ses questions, toutes ses craintes, et se retourna pour lui offrir ses lèvres. Peu lui importait l'avenir : elle ne voulait penser qu'à ce présent merveilleux, à cet homme qui comblait toutes ces attentes, qui la réconciliait avec elle-même.

Leur baiser fut si intense qu'elle chancela et dut s'accrocher à Jack pour ne pas tomber. Quelques minutes plus tard, ils roulaient sur le lit, avides de s'appartenir encore et encore.

Les heures qui suivirent furent un enchantement, un festival de sensations étourdissantes, une aventure fusionnelle d'une extraordinaire beauté.

Cette fois, ce fut Kelsi qui prit l'initiative, se découvrant toutes les audaces, s'émerveillant de ce pouvoir qu'elle avait sur Jack, de cette sensualité débridée qu'elle ne se connaissait pas jusque-là.

Il s'abandonna à ses caresses comme il ne l'avait jamais fait avec aucune femme.

Elle était LA femme, pensa-t-il, celle qu'il n'avait jamais espéré rencontrer. Avec lui, elle se lâchait enfin, elle avait le courage d'aller au bout de ses pulsions, de ses envies. N'était-ce pas plus qu'il n'en pouvait espérer ?

Le dimanche matin, Kelsi se leva pendant que Jack dormait encore.

Quand il s'éveilla, il eut la surprise de la trouver installée à sa table de travail, enveloppée dans son peignoir.

— Kelsi ! Que fais-tu ?

— J'ai un dossier à rendre demain et je ne suis pas du tout prête. Je n'ai pas le choix.

Il esquissa une grimace qui la fit sourire.

— Bon, O.K., bougonna-t-il. Je t'accorde une heure…

— Et après ? lança-t-elle en se tournant vers lui, amusée.

— Après ? Tu verras…, murmura-t-il d'un ton lourd de sous-entendus.

Elle eut le plus grand mal à se concentrer de nouveau sur son écran, mais Jack eut la bonne idée de se rendormir, ce qui lui permit d'avancer.

Moins d'une heure plus tard, il la rejoignait.

Parfaitement à l'aise avec sa nudité, il se pencha sur elle, glissa une main dans son décolleté et l'embrassa sur la nuque. Elle s'arrêta aussitôt de taper, tandis que son sang s'accélérait dans ses veines.

— Je vais me doucher, lui dit-il d'une voix sourde en lui caressant les seins. Tu m'accompagnes ?

Elle se retourna et lut dans son regard un désir pareil au sien.

Alors, tremblante d'émotion, elle se leva et prit la main qu'il lui tendait.

Une fois dans la salle de bains, il lui dénoua son peignoir et le fit tomber à terre. Il la contempla longuement, bouleversé à l'idée que son corps menu allait s'épanouir avec la grossesse, que bientôt il pourrait sentir cet enfant bouger en elle, et elle frémit sous ce regard aussi doux qu'une caresse.

Ce qui se passa dans l'exiguïté de la cabine de douche fut si érotique qu'en se séchant Kelsi en rougissait encore.

Jack était parti faire des courses. Ils mouraient tous les deux de faim après leurs ébats, et le réfrigérateur de Kelsi était désespérément vide…

Le soleil brillait, l'air était frais, et Jack se mit à siffloter en sortant du magasin.

Jamais la vie ne lui avait paru aussi belle, et la perspective d'un nouvel après-midi au lit avec Kelsi n'y était pas pour rien…

Dans sa poche intérieure, son téléphone vibra.

Il hésita à répondre. Il ne voulait pas penser à ses engagements, à l'agenda chargé des futures compétitions, aux pistes lointaines qui l'attendaient. A cet instant, seule Kelsi comptait pour lui.

Pourtant, dans un sursaut de raison, il se força à répondre. Il ne pouvait rester indéfiniment en dehors des réalités…

C'était Pete, son ami et coach, dont il avait négligé de prendre les deux derniers appels. Cette fois, il n'y coupait pas…

— Salut, Jack ! J'ai eu des nouvelles de toi par Tahu. Il t'a vu sur une piste de danse, paraît-il.

— Exact.

— J'en déduis que ton genou va mieux ?

— En effet.

A l'autre bout du fil, il y eut un silence. Jack savait parfaitement ce qu'allait dire Pete, et ça ne rata pas.

— Mais alors qu'est-ce que tu fabriques à Christchurch alors que la neige est ici ? s'exclama-t-il, une nuance de reproche dans la voix. Si tu es en forme, tu n'as qu'une chose à faire, rappliquer au plus vite pour reprendre l'entraînement, Jack !

Jack se racla la gorge, mal à l'aise. Il n'avait aucune envie de faire des confidences à Pete.

— En ce moment, ma vie est un peu compliquée, se contenta-t-il de dire, évasif.

Le long soupir que poussa Pete en disait long sur son agacement.

— Ecoute, tu fais comme tu veux, mon vieux, dit-il enfin, résigné. Tu sais aussi bien que moi que plus tu attends de reprendre l'entraînement, plus tu auras du mal à être performant. Ce n'est pas à moi de te faire la leçon. Mais sache qu'on est là, qu'on bosse, et qu'on t'attend !

— Merci de ta compréhension, Pete, murmura Jack, un peu rasséréné. Je te tiendrai au courant dès que j'y verrai un peu plus clair… Tu as raison, le temps presse.

Il remit le téléphone dans sa poche et continua à avancer, mais la belle journée ensoleillée avait tout à coup perdu tout son éclat, et il n'avait plus la moindre envie de siffloter.

Pete avait raison, pensa-t-il, la mine sombre. Il ne pouvait pas rester ainsi auprès de Kelsi, sans autre projet que de lui faire l'amour pendant des heures avec, de temps à autre, des incursions à l'épicerie pour recharger les batteries.

Il avait une carrière professionnelle à mener, des sponsors à satisfaire, une équipe à respecter. Des ambitions auxquelles il n'imaginait pas de renoncer…

La solution était simple : il devait mettre un terme à cette relation avec Kelsi, qui n'était au fond rien de plus qu'une passion sensuelle plus ardente que les autres. Dorénavant, il la considérerait comme une amie, rien de plus.

Ami ? s'interrogea-t-il avec un cynisme amer. Il se racontait des histoires ! Il n'avait pas envie d'être l'ami de Kelsi, mais son amant ! Il voulait tout d'elle, corps et âme, pour pouvoir la prendre en charge, la protéger, comme il devinait qu'elle le souhaitait malgré ses velléités d'indépendance.

Jamais il n'avait vécu un dilemme aussi cruel : il était attiré par une femme qui restait un mystère pour lui, un mystère aussi fascinant que déstabilisant. Pour la première fois de sa vie amoureuse, il était pris au dépourvu, il avait l'impression déroutante de n'avoir aucune prise sur la femme avec laquelle il passait ses nuits.

Car, même s'il la troublait, même si leur entente physique était exceptionnelle, jamais elle n'avait exprimé le désir de partager quoi que ce soit avec lui en dehors de son lit. Pire encore, elle avait voulu l'exclure de sa grossesse, le priver de sa paternité !

Décidément, Pete avait raison, songea Jack, de plus en plus sombre. Il devait mettre un terme à leur liaison, et se borner à n'être pour elle que le père de son enfant. Ainsi, libéré de cette présence qui l'obsédait, de cette dépendance physique qu'il avait développée à son égard, il pourrait reprendre son sport dans de bonnes conditions et se concentrer de nouveau sur ses prochaines compétitions.

C'était décidé : il prendrait un billet d'avion dès le lendemain.

D'ici là, il ne dirait rien à Kelsi. Il n'avait pas le cœur de gâcher les derniers jours qui leur restaient, de détruire l'équilibre fragile et merveilleux qui s'était instauré entre eux.

La quitter serait terrible, car au cours de toutes ces nuits où il la tenait endormie dans ses bras, elle lui était devenue indispensable, mais il le fallait. Et quand il la retrouverait après la naissance du bébé, il aurait repris ses distances, ils repartiraient sur de nouvelles bases, et ce serait beaucoup mieux ainsi.

Les jours suivants, Kelsi retrouva Jack chez elle tous les soirs après sa journée de travail. Jamais elle n'était partie du bureau aussi tôt…

Ils se jetaient dans les bras de l'autre comme s'ils ne s'étaient pas vus depuis trois semaines, faisaient l'amour avec passion, puis restaient au lit sans parler, tendrement enlacés. Ils étaient si bien ensemble qu'ils n'avaient pas besoin de mots pour communiquer : le langage des corps leur suffisait.

Poussés par la faim, ils finissaient par se lever. Après une longue séance sous la douche qu'ils prenaient bien évidemment en commun, Jack préparait de bons petits plats. Parfois, ils délaissaient le lit pour regarder un DVD. A plusieurs reprises, ils étudièrent les plans qu'Alice soumettait à Jack.

Kelsi avait révisé son opinion sur la jeune architecte.

En effet, à son grand soulagement, Alice avait décidé de préserver autant que possible le charme suranné et l'originalité du vieux bâtiment, et semblait avoir un réel talent pour marier respect de l'existant et créativité. Les moulures seraient préservées, ainsi que les balcons en fer forgé, et l'entourage en briques des portes et fenêtres serait restauré. Les dessins étaient prometteurs.

Kelsi vivait cette parenthèse merveilleuse en s'efforçant de repousser de son esprit les questions gênantes.

Jack était là, auprès d'elle, amant infatigable et envoûtant, et cela seul comptait…

Jack repoussait de jour en jour le moment où il lui annoncerait son départ. Quand il la tenait serrée contre lui, qu'il respirait son parfum délicat, une angoisse le saisissait à l'idée que ces instants étaient comptés. Bientôt leurs chemins se sépareraient, et quand ils se reverraient la nature même de leur relation aurait changé.

Vivre avec Kelsi, c'était un rêve impossible à réaliser, une sorte de fantasme qui resterait toujours du domaine du virtuel.

Et le virtuel, ce n'était pas son truc. Il avait toujours été pragmatique, les pieds sur terre, ancré dans la réalité.

Il devait aller de l'avant, tourner la page, admettre l'idée que rester auprès d'elle l'éloignait de tout ce qui comptait pour lui.

Pete et ses coéquipiers avaient besoin de lui : il ne pouvait pas les laisser tomber. Plus important encore, il n'était pas allé au bout de ses défis. Il n'était pas question qu'il renonce.

Le jeudi, Jack se leva plus tôt que Kelsi et, comme chaque matin, lui prépara un petit déjeuner léger. Lui-même ne toucha pas au toast qu'il s'était destiné.

— Kelsi…

Elle leva les yeux, surprise par sa voix atone. Ses traits étaient tirés, son regard sombre. Elle comprit tout de suite qu'il se passait quelque chose d'anormal, et son cœur se serra. Ce qu'elle redoutait depuis le début sans vouloir y penser allait se produire…

— Je pars pour le Canada vendredi, assena-t-il sans ménagement.

Il aurait voulu pouvoir trouver des mots plus doux pour lui annoncer la nouvelle, mais à quoi bon ? La réalité était là, brutale et incontournable.

Elle posa sa tasse sur la table en s'efforçant de maîtriser le tremblement de sa main.

— La semaine prochaine ? articula-t-elle avec difficulté.

— Non. Demain.

Il sembla à Kelsi que la boule qui s'était formée dans sa gorge grossissait encore, mais elle ne cilla pas.

— Quand as-tu pris ton billet ? demanda-t-elle d'une voix si détachée qu'elle sonna étrangement.

Il hésita un instant, mal à l'aise.

— Lundi.

Voilà quatre jours qu'il savait, songea Kelsi, choquée. Quatre jours qu'il se taisait !

— Pourquoi ne m'as-tu rien dit ?

Soudain blême, il se leva de sa chaise et resta immobile.

— Je pensais que ce serait mieux ainsi, avoua-t-il d'une voix à peine audible.

Le silence s'instaura dans la pièce, de plus en plus pesant.

— Et combien de temps pars-tu ?

— Quatre ou cinq mois.

Elle repoussa l'assiette devant elle, désemparée.

Pourquoi avait-elle l'impression que tout s'écroulait autour d'elle, qu'elle ne survivrait pas à cette nouvelle alors qu'elle savait depuis le début que le temps leur était compté, que cette parenthèse enchantée mais éphémère s'arrêterait bientôt ? Que Jack retournerait à sa vie, ses copains, ses fans, la laissant seule avec ses souvenirs et leur bébé ?

Ensuite, elle ne connaissait malheureusement que trop bien le scénario : Jack ferait de brefs séjours auprès d'elle pour voir son enfant, et, comme son père à elle, finirait par s'en désintéresser quand il aurait fondé une famille. Une vraie…

Une bouffée de chagrin la submergea, mais elle parvint à se reprendre. Sa mère avait fait face, pourquoi n'y arriverait-elle pas ?

— Kelsi, reprit Jack avec douceur, tout va bien se passer, j'en suis certain. Je vais tout arranger avant de partir.

Elle releva la tête, révoltée.

Parce qu'il croyait qu'il lui suffisait de lui donner de l'argent, de l'inscrire dans la meilleure clinique, de rénover son appartement pour la quitter la conscience tranquille ? Comment ne comprenait-il pas qu'être père allait bien au-delà du confort matériel ?

— Nous n'aurions jamais dû…, balbutia-t-elle dans un souffle, comme si elle se parlait à elle-même.

Il lui jeta un regard effaré.

— Comment peux-tu dire ça ? Comment peux-tu regretter ? protesta-t-il avec force. Sois honnête avec toi-même, Kelsi ! Il fallait que nous soyons l'un à l'autre, ajouta-t-il d'une voix sourde. C'était écrit, et cet après-midi sur la plage restera parmi mes plus beaux souvenirs. Je suis sûr que tu partages cet avis…

Elle baissa la tête, au supplice. Il avait raison, et il savait qu'elle le savait… Protester aurait été ridicule. Le cœur chaviré, elle resta muette.

Il hésita un instant, déchiré entre son envie de la prendre

dans ses bras en lui avouant que pour lui aussi la séparation était insupportable et la conviction profonde qu'il devait partir.

La raison fut la plus forte.

Il se dirigea à la hâte vers la porte comme s'il avait peur de changer d'avis et s'arrêta brusquement à mi-chemin.

— C'est ma vie, Kelsi, murmura-t-il en se tournant vers elle. Je dois avancer…

Qui cherchait-il à convaincre par ces paroles ? se demanda-t-il, en plein désarroi. Elle, ou… lui ?

Elle leva vers lui un regard douloureux.

— J'avancerai aussi, Jack, rassure-toi, enchaîna-t-elle. Seule.

— Tu veux dire que… il n'y aura pas de retour en arrière ?

— Non, Jack. C'est toi qui choisis de partir. Pas moi.

— Tu me poses un ultimatum ?

— Non, je veux juste que les choses soient claires.

Il prit une profonde inspiration, désemparé. Puis, tout à coup, une terrible pensée lui vint à l'esprit.

— Aurais-tu préféré que je ne revienne pas ? lança-t-il en guettant la réaction de Kelsi.

Incapable d'affronter son regard, de prononcer le moindre mot, elle baissa la tête pour qu'il ne voie pas les larmes qui perlaient à ses yeux. Il faillit insister, mais renonça. Elle semblait trop mal.

— Je m'en vais, reprit-il après un silence. Je suis désolé, Kelsi.

A ces mots, Kelsi retrouva toute sa pugnacité, et sa tristesse se transforma en colère. Quelques mots d'excuse, c'est comme ça qu'il croyait s'en tirer ? Comme l'avait fait son propre père ? C'était trop facile !

Qu'allait-elle dire à son enfant pour lui expliquer l'absence de son père ?

Il se sentirait rejeté, exactement comme elle l'avait été. Et malgré tout l'amour dont l'avait entourée sa mère, la souffrance était toujours aussi vive.

Son père ne l'avait pas désirée, ne l'avait jamais aimée :

c'était une terrible réalité qu'elle n'arrivait toujours pas à regarder en face.

Jack reproduirait ce terrible schéma, elle en était certaine. Il papillonnerait de continent en continent, s'arrêterait de temps en temps pour embrasser son enfant et repartirait aussitôt, le laissant dans une douloureuse frustration. Mais il serait sans doute convaincu de remplir à merveille son rôle de père.

— Désolé ? C'est un peu facile, Jack ! rétorqua-t-elle d'une voix cinglante. Pourquoi es-tu revenu, en effet ? Pour te payer un peu de bon temps avant de repartir vers de nouvelles aventures ? Parce que ça avait été si facile la première fois que tu ne voyais pas pourquoi tu te priverais d'une deuxième séance ? Une femme qui ne se refuse pas, c'est tentant, non ?

Il y avait une telle acrimonie dans sa voix que les traits de Jack se crispèrent. L'entendre parler ainsi lui faisait mal.

— Kelsi, tu dis n'importe quoi ! C'est la grossesse qui te trouble l'esprit…

— Laisse ma grossesse en dehors de tout ça. Je suis furieuse, oui, et pas à cause d'un changement hormonal, si tu veux tout savoir ! Tu ne penses qu'à toi, Jack, et ce n'est pas ce genre de père que je voulais pour mon enfant. J'ai toujours rêvé de fonder une vraie famille, avec un homme qui assumerait sa paternité. Aujourd'hui la réalité est tout autre, et je ne peux m'en prendre qu'à moi-même. Tu ne m'as pas violée, Jack, c'est certain. Mais il n'en reste pas moins que je n'aurais jamais dû te suivre sur cette plage. C'est la plus grande erreur de ma vie, et je la paye cher aujourd'hui.

— Kelsi, ce n'était pas une erreur ! protesta-t-il.

— Erreur ou pas, coupa-t-elle avec une violence mal contenue, la seule chose qui m'importe est que mon enfant soit heureux. Or je suis bien placée pour savoir qu'un enfant ne peut pas s'épanouir avec un père incapable de s'intéresser à lui dans la durée, de partager son quotidien. Je te demande donc de sortir de ma vie et de celle de cet enfant. Mieux vaut pas de père du tout qu'un père absent.

Les yeux de Jack lancèrent des éclairs.

— Tu mélanges tout, Kelsi ! s'écria-t-il. La colère t'aveugle, et si tu es si en colère contre moi, c'est parce que je pars aujourd'hui. Avoue que ça n'a rien à voir avec le bébé !

Ils se défièrent du regard, et Kelsi songea avec une lucidité amère qu'il n'avait pas tort. Au-delà même de leur enfant, c'est son attitude envers elle qui la blessait. Mais il n'était pas question qu'elle l'admette devant lui.

— Pas du tout, Jack, protesta-t-elle. Tu peux partir, je n'en ai rien à faire !

— Vraiment ? rétorqua-t-il, ironique.

— Vraiment. Entre nous, ça n'a été que sexuel, assena-t-elle crûment. Tu sais bien que pour tout le reste, nous sommes incompatibles.

Elle le poussait à bout, pensa-t-il, hors de lui. Mais il ne se laisserait pas faire.

— Cette opinion n'engage que toi, rétorqua-t-il. Comment te permets-tu de porter des jugements aussi définitifs ? Et c'est vrai aussi pour ce bébé ! Qui te dit que je serai un mauvais père ? Ne crois-tu pas qu'il est important pour un enfant de sentir ses parents épanouis, de les voir réaliser leurs rêves ? N'est-ce pas ainsi qu'on les stimule, en leur montrant que si on en a vraiment le désir tout est possible dans la vie ?

Il avança d'un pas vers elle, presque menaçant.

— Notre enfant n'aura pas pour référence un couple parental conventionnel, et après ? Est-ce une raison pour m'exclure de sa vie, comme si j'étais un monstre ? Ne crois-tu pas qu'un jour il pourrait être fier de son père ? De ses médailles, de ses performances ? Il y a plusieurs façons de rendre un enfant heureux, Kelsi ! Quand il sera plus grand, et que ce soit une fille ou un garçon, je l'emmènerai avec moi à travers le monde, je lui ferai découvrir l'univers fascinant de la montagne, la beauté des sommets enneigés, la passion du sport ! C'est ce que mon père a fait avec moi, et c'est ça qui m'a aidé à me construire…

Kelsi fut incapable de répondre. Tout ce qu'elle retenait

des paroles de Jack, c'est qu'elle ne faisait pas partie de ses projets, et cela lui brisait le cœur.

Il la dévisagea, découragé.

— J'ai fait tout ce que j'ai pu pour te faciliter l'existence et préparer l'arrivée du bébé dans les meilleures conditions, reprit-il. Je t'ai consacré entièrement ces quinze derniers jours. Je m'efforce de faire des compromis, peut-être serait-il temps que tu fasses de même…

— Tu m'as consacré quinze jours, Jack ! C'est merveilleux ! rétorqua-t-elle avec une ironie cinglante. Mais j'ai le regret de te dire que, par rapport à mes neuf mois de grossesse, ce n'est pas grand-chose…

Jack se dirigea vers la porte et se retourna, la main sur la poignée.

— Je ne nierai jamais le fait que jusqu'à la naissance, c'est toi qui as la plus lourde charge, précisa-t-il d'un ton posé. Mais cette histoire est aussi la mienne, et je ne te laisserai pas prétendre le contraire.

Sur ces mots, il poussa la porte et disparut dans le couloir sans se retourner.

12.

La journée s'écoulait avec une terrible lenteur, et Kelsi avait le plus grand mal à se concentrer sur son travail.

Les paroles de Jack tournaient et retournaient dans sa tête, lancinantes, lui vrillant littéralement l'esprit.

Avec le recul, elle ne pouvait qu'admettre qu'il disait la vérité : c'est d'abord elle-même qu'elle voulait protéger de Jack, et non pas son enfant…

Elle aurait tant voulu pouvoir rayer pour toujours Jack de son existence, mais, hélas, c'était impossible ! Qu'elle le veuille ou non, il faisait partie de sa vie, non plus comme un amant, mais comme le père de son enfant, et elle devrait apprendre dorénavant à le considérer comme tel.

Comme tant d'autres femmes avant elle délaissées par un compagnon qu'elles aimaient encore, elle avait le devoir de cacher ses larmes et sa frustration pour préserver la relation entre le père et l'enfant.

Un jour, Jack lui annoncerait qu'il avait une compagne, puis qu'il allait être père de nouveau, imagina-t-elle avec horreur. Le voir heureux en famille serait un supplice.

Mais pour son enfant, elle trouverait la force de faire semblant, de cacher son désespoir — du moins tenta-t-elle de s'en persuader…

Une fois de retour chez elle, elle posa son sac sur la table d'un geste las. Jack n'était pas là, mais tout autour d'elle parlait de lui : la chambre qui avait abrité leurs ébats, le canapé où ils s'étaient si souvent enlacés, la cuisine où il avait préparé tant de bons petits plats pour leurs dîners en tête à tête.

Il avait imprimé sa marque partout, autour d'elle comme dans son cœur…

Les travaux, déjà bien avancés, lui faisaient aussi penser à Jack puisque c'est lui qui en avait supervisé toutes les étapes…

S'il avait tout organisé au mieux pour elle, ce n'était pas par grandeur d'âme, mais pour pouvoir partir le cœur léger, pensa-t-elle, lucide.

Et comment aurait-elle pu l'en blâmer ? Jack n'était pas fait pour pouponner : il rêvait de battre ses propres records, d'aller au bout de lui-même, et, pourquoi pas, de gagner les jeux Olympiques.

Il ne pouvait pas perdre de temps : il était en pleine possession de ses moyens physiques, et cet état de grâce ne durerait pas. La carrière d'un athlète de ce niveau était terriblement courte.

Kelsi ne voulait à aucun prix qu'il se sacrifie.

Qu'il vive son rêve à fond, qu'il gagne ou qu'il perde, au fond, peu importait le résultat. Ce qui comptait, c'était qu'il se donne les moyens de tout mettre en œuvre pour réussir, qu'il ne renonce pas à ses ambitions à cause de cet enfant à naître.

Elle songea tout à coup qu'elle aurait bien aimé, elle aussi, se laisser aller à rêver. Voyager, créer une start-up, faire du sport, tout ça aurait été merveilleux… si elle l'avait fait avec Jack.

Mais sans lui, rien n'aurait jamais la même saveur.

Elle se contenterait de donner à son enfant l'amour et les repères dont il avait besoin, et c'était l'essentiel. Pour l'instant, ce projet lui suffisait.

*
* *

Tout à coup, elle entendit le bruit familier d'une planche de skate taper le sol, et son pouls s'accéléra. Ce ne pouvait être que Jack.

Un coup d'œil par la fenêtre lui confirma sa présence. Il s'entraînait avec une formidable énergie, et elle se décida à le rejoindre dans la cour. Elle devait à tout prix lui parler avant son départ, s'excuser pour ses paroles agressives, son amertume, sa dureté.

Il s'arrêta net quand il l'aperçut.

— Que me vaut l'honneur de ta présence ? demanda-t-il, une lueur de méfiance dans ses magnifiques yeux clairs.

— Je voulais faire la paix, expliqua-t-elle dans un souffle. Je suis désolée de ce que je t'ai dit. Je suis sûre qu'on va y arriver, toi et moi, Jack. Je ne ferai jamais rien pour t'empêcher de voir ton enfant, bien au contraire. Il n'y a qu'une seule chose qui compte, c'est le bébé. Et je suis sûre que si nous y travaillons tous les deux, nous ferons des parents formidables.

— Merci, Kelsi, murmura Jack après un silence. Tu ne peux pas savoir à quel point tes paroles me font du bien. L'idée de partir après cette horrible discussion m'était très pénible.

Ils se dévisagèrent de nouveau, et une vague d'émotion submergea Kelsi.

C'était la fin de leur étrange histoire, celle d'un homme et d'une femme qui n'auraient jamais dû se rencontrer, et le début d'une autre, celle de deux adultes suffisamment matures pour penser avant tout au bien de leur enfant.

— Désormais, nous serons amis, Jack, articula-t-elle d'une voix étranglée, et ce sera très bien ainsi.

Tout en parlant, elle réussit presque à se convaincre elle-même. Ne parlait-elle pas le langage de la raison ? La seule solution n'était-elle pas de tourner la page ?

— Ce sera très bien, en effet, enchaîna-t-il, les yeux fixés sur sa bouche pulpeuse.

S'ils restaient une seconde de plus face à face, il allait l'embrasser, songea-t-il, tandis que le désir se réveillait en lui, aussi implacable qu'une lame de fond. Or c'était absolument impossible ! Pour une fois que Kelsi se montrait raisonnable, il ne pouvait pas flancher…

— Je dois y aller, Kelsi. J'ai des tas de choses à faire avant mon départ.

Il s'immobilisa un instant, comme s'il hésitait à l'embrasser pour lui dire au revoir, et Kelsi sentit la panique la saisir. S'il la touchait, elle ne pourrait pas lui résister. Elle se serrerait contre lui et lui réclamerait une dernière étreinte, un dernier baiser.

— Je comprends, articula-t-elle d'une voix blanche en reculant d'un pas. On s'apercevra peut-être demain matin, avant ton départ ?

Il hocha la tête, au supplice. Cette nuit, il dormirait sans elle, comme toutes les nuits à venir.

Leur histoire était derrière eux. Seul lui resterait le souvenir de la peau douce de Kelsi, de cette extraordinaire sensation de ne plus faire qu'un avec elle quand il la pénétrait, de son sourire bouleversant de tendresse quand elle s'éveillait dans ses bras.

— Oui, peut-être, murmura-t-il.

Il ramassa sa planche et quitta la cour, trop ému pour ajouter un mot.

Le lendemain matin, en passant devant sa porte avant d'aller travailler, elle entendit du bruit. Il était encore là. Cédant à une irrépressible impulsion, elle frappa.

Plus élégant que jamais dans un jean et une veste en cuir noire qui accentuait sa carrure d'athlète, il sortit sur le palier.

Quand Kelsi l'aperçut, l'émotion lui coupa les jambes, comme chaque fois qu'elle le retrouvait.

Il lui sembla qu'il avait les traits tirés, des cernes sous les yeux. Il avait dû veiller tard pour préparer son départ, se dit-elle.

*
* *

Jack regarda longuement Kelsi en s'efforçant de dissimuler son désarroi.

Si seulement elle s'était montrée plus réceptive, au lieu de le rejeter, d'affirmer avec véhémence qu'ils n'avaient rien en commun, que leur histoire n'était qu'une affaire de sexe ! Peut-être n'en seraient-ils pas aujourd'hui à se quitter sur une simple poignée de main en jouant les bons amis, comme s'ils avaient tout oublié de la passion torride qui les avait unis ?

Pourquoi ne leur avait-elle pas laissé une chance ? Pour la première fois de sa vie, il s'était senti presque prêt à se poser…

Mais il était trop tard pour revenir en arrière à présent. Jamais il ne l'avait sentie autant sur la défensive. Et de toute façon, la glisse lui manquait. Il allait retrouver ses copains, son entraînement, les compétitions, bref le monde dans lequel il se sentait bien, et c'était mieux ainsi.

— Je suis heureux de te voir, Kelsi, commença-t-il en affichant un ton parfaitement dégagé. J'ai réglé pas mal de choses pour toi hier. Alice t'expliquera : le compte bancaire, l'assurance maladie, tous ces détails administratifs à mettre en place avant l'accouchement. Je ne voulais pas te laisser toute seule à gérer ça…

Il recommençait…, songea Kelsi, amère. Il ne s'intéressait à elle que parce qu'elle allait lui donner un enfant.

— Et ne m'en veux pas, ajouta-t-il, je t'ai pris rendez-vous chez le meilleur obstétricien de Christchurch. Mais il va sans dire que je serai de retour bien avant l'accouchement.

Kelsi se força à sourire pour faire illusion, mais jamais elle ne s'était sentie aussi abattue. Jack partait, et quand il reviendrait leur idylle ne serait plus pour lui qu'un lointain souvenir. Peut-être dans l'intervalle aurait-il même déjà trouvé une nouvelle petite amie, une de ces sportives pulpeuses avec lesquelles il partageait sa passion de la glisse.

Tout ce qu'il n'avait pas avec elle…

— Merci, murmura-t-elle d'une voix à peine audible. Il faut que je parte, à présent. J'ai un rendez-vous.

Elle ne put retenir un frisson quand il plongea son regard limpide dans le sien. Pourvu qu'il ne l'embrasse pas pour lui dire au revoir ! songea-t-elle, au bord des larmes. Elle serait alors incapable de retenir ses sanglots...

— Tu m'appelleras s'il y a le moindre problème ? demanda-t-il d'un ton pénétré.

La gorge nouée, elle ne put lui répondre. Elle se contenta de hocher la tête et, baissant la tête, dévala l'escalier sans se retourner.

Quand Jack serait de retour, elle aurait fait du chemin sur elle-même et serait capable de le côtoyer sans perdre tous ses moyens comme c'était le cas aujourd'hui, tenta-t-elle de se persuader quand elle fut dans la rue. Son attirance pour lui se serait estompée, et ils pourraient entretenir à l'avenir des rapports sinon amicaux, du moins cordiaux après la naissance.

Il suffisait d'y croire...

Elle avançait sur le trottoir, perdue dans ses pensées et sa solitude, indifférente au trafic, aux bruits de la ville, aux passants qu'elle croisait.

Depuis quelques minutes, elle luttait contre un mal de tête lancinant. Elle ralentit le pas. Soudain, le souffle lui manqua et tout devint noir. Elle sentit ses jambes se dérober sous elle puis, plus rien...

Elle perdit connaissance et ne se rendit même pas compte qu'elle s'affalait sur le pavé.

— Kelsi, Kelsi ! Tu t'es fait mal ? s'écria Alice d'une voix affolée.

Allongée de tout son long sur le trottoir, Kelsi sortit de sa torpeur et comprit qu'elle s'était évanouie.

— Non, balbutia-t-elle d'une voix faible.

Elle se frotta la tête à la recherche d'une blessure, sans résultat, heureusement. Elle avait dû s'affaisser en douceur…

Avec mille précautions, Alice aida Kelsi à se relever.

— Mais qu'est-ce que tu fais là ? lui demanda Kelsi.

— Je passais, et je t'ai vue glisser à terre, répondit Alice en la dévisageant d'un air inquiet. Tu veux que je prévienne Jack ?

— Non, il est sur le départ, répondit Kelsi à la hâte. Ne le dérange pas, tout va très bien, je t'assure.

S'il apprenait qu'elle était tombée, il céderait à la panique. Kelsi ne se souvenait que trop bien de ce qu'il lui avait confié sur sa mère morte en couches. Cette tragédie avait suscité en lui des angoisses bien compréhensibles, quoique sans fondement, par rapport à la grossesse et à l'accouchement, et elle ne voulait à aucun prix qu'il s'imagine devoir rester pour elle. Une chute, ce n'était pas bien méchant…

— Tu es sûre ? insista Alice, inquiète.

— Oui. Je vais boire quelque chose dans ce café, et dans un quart d'heure il n'y paraîtra rien. Je dors mal en ce moment, c'est tout. Et surtout, n'en parle pas à Jack. Il va se faire du souci pour rien.

Alice ne sembla pas vraiment convaincue.

— Comme tu voudras, dit-elle enfin, résignée. Alors je te laisse, j'ai rendez-vous avec le menuisier. Je t'appelle tout à l'heure pour m'assurer que tu es bien arrivée au bureau. D'accord ? Et la semaine prochaine, on se cale un rendez-vous pour décider du carrelage de l'entrée !

— D'accord, fit Kelsi avec un sourire un peu forcé.

Une tisane bien sucrée lui redonna des forces.

Pourvu qu'Alice ne prévienne pas Jack ! songea-t-elle en tournant sa petite cuillère dans sa tasse. Il envisagerait aussitôt le pire et se croirait obligé de repousser son départ…

*
* *

Jack pénétra dans l'aéroport et regarda distraitement le tableau d'affichage. Son avion décollait une heure plus tard, et par chance il n'y avait pas de queue à l'enregistrement.

Il se dirigea vers le comptoir, l'esprit ailleurs. Il n'avait pas encore réalisé que dans quelques heures, il serait à des milliers de kilomètres de Christchurch.

Quand il reviendrait, les travaux seraient finis et l'appartement de Kelsi rénové.

Il était curieux de voir la façon dont elle l'aurait décoré. Elle avait un tel talent pour créer une atmosphère intime et chaleureuse, mais aussi originale et décalée avec ses étranges objets chinés dans les endroits les plus improbables !

Jamais il ne s'était senti aussi bien que chez Kelsi, à préparer des petits plats dans sa cuisine aux couleurs acidulées, à se glisser sous sa couette tout contre elle après l'amour, à se prélasser avec elle sur son vieux canapé en cuir devant ses DVD cultes.

Brusquement, il s'arrêta au milieu du grand hall, tandis que les passagers en partance continuaient à avancer devant lui.

Kelsi, Kelsi, Kelsi !

Il était empli d'elle, de son charme, de sa féminité d'autant plus fascinante qu'elle ne se dévoilait que peu à peu.

Car Kelsi se préservait, ne donnait rien facilement… Mais quand le langage des corps, des baisers et des caresses prenait le pas sur les mots, révélant sa nature sensuelle et généreuse, c'était un enchantement.

Elle s'était offerte à lui comme aucune femme avant elle, avec une ferveur qui l'avait bouleversé. Le souvenir de leur passion amoureuse et des sensations intenses qu'il avait connues dans ses bras resterait gravé en lui à jamais.

Alors comment, après tant d'émotions partagées, pouvait-elle prétendre froidement que leur relation n'était que sexuelle ? Comment pouvait-elle affirmer que l'avoir suivi sur la plage le jour de leur rencontre était le plus grand regret de sa vie ?

Tout ça était faux, il en était certain !

Alors à qui mentait-elle ? A elle-même ? A lui ?

Un frisson le saisit. Au bord du malaise, il dut se précipiter vers la rangée de fauteuils la plus proche pour s'asseoir au plus vite.

Que lui arrivait-il ? songea-t-il, affolé, en notant le regard de suspicion d'une femme âgée assise à côté de lui.

Pourquoi ces interrogations de dernière minute ?

Il avait tout arrangé pour Kelsi et pouvait donc partir tranquille. Elle serait suivie par le meilleur obstétricien, sa place était déjà réservée dans la meilleure clinique. Plus important encore, ils étaient enfin tombés d'accord l'un et l'autre pour entretenir des rapports apaisés autour de leur enfant.

Que demander de plus ? Il pouvait s'envoler avec le sentiment du devoir accompli. Il serait un père présent sur tous les plans, matériel comme affectif. Il en avait pris l'engagement et, au fond de lui, se réjouissait même de l'arrivée de ce bébé tombé du ciel.

Alors pourquoi ce malaise, cette sensation de se fourvoyer, de ne plus savoir où il en était ? Jamais il n'avait eu ainsi cette impression détestable d'avoir perdu tous ses repères.

Il se prit la tête dans les mains et tenta de réfléchir, soudain indifférent au brouhaha de l'aéroport. Pour dissiper le doute qui l'envahissait, il devait mettre en perspective les problèmes et les choix qui se posaient à lui.

Peu à peu, la vérité lui apparut, d'une incroyable clarté.

S'il avait un défi à relever, ce n'était pas sa prochaine compétition, ni même les jeux Olympiques, c'était Kelsi !

Comment n'avait-il pas compris plus tôt qu'elle se cachait, au sens propre comme au sens figuré ? Non contente de se dissimuler derrière ses longues jupes et ses pulls informes, elle tentait à tout prix de masquer sa sensibilité et son émotivité, de passer pour celle qu'elle n'était pas.

Tout simplement parce qu'elle avait peur d'être rejetée si on devinait sa fragilité, peur de souffrir comme elle avait souffert enfant quand son père était parti.

Alors elle mentait, devenait agressive, érigeait autour

d'elle des barrières pour se protéger et empêcher les autres de l'approcher.

Elle n'avait pas hésité à lui affirmer qu'elle pouvait se passer de lui, que leur aventure était purement physique, que son départ la laissait indifférente. Et lui, pauvre idiot, avait pris ses paroles pour argent comptant…

Comment avait-il pu se laisser berner ainsi ? Comment n'avait-il pas compris que des blessures profondes l'empêchaient d'aimer, de se laisser aimer ?

Réussirait-il à lui faire comprendre qu'elle faisait fausse route ? A la convaincre qu'il ne pouvait pas vivre sans elle ?

Car c'est cette évidence qu'il venait enfin d'admettre.

Kelsi était bien plus que la mère de son futur enfant, elle était la femme qui avait donné du sens à sa vie, qui pour la première fois lui donnait envie de s'engager, de construire. Il ne reniait rien de ses engagements passés, de cette course aux performances physiques dans le dépassement de soi-même, mais il réalisait que cela ne lui suffisait plus.

Son cœur débordait d'amour, et il avait enfin trouvé celle à qui offrir cet amour, la femme qu'il avait cru ne jamais avoir la chance de rencontrer.

Kelsi…

Un banal accident de la circulation avait fait se croiser leurs chemins, et voilà qu'il comprenait tout à coup qu'elle était celle avec laquelle il voulait fonder un foyer, une famille.

Au moment même où ils venaient de mettre un terme définitif à leur étrange relation…

Le monde n'était-il pas terriblement mal fait ?

Il prit une profonde inspiration, leva la tête et regarda autour de lui.

Il se sentait étranger au milieu de cet aéroport, de tous ces gens qui s'envolaient aux quatre coins du monde.

Il fouilla dans sa poche et en sortit son billet.

Où était sa place ? pensa-t-il, en plein désarroi. Auprès

de Kelsi et de l'enfant qu'elle lui donnerait dans quelques mois ? Ou auprès de son entraîneur, de ses coéquipiers, de tous ceux qui, peut-être, lui permettraient de devenir champion olympique ?

Il observa longuement le billet, pesa mentalement le pour et le contre et, enfin, prit sa décision.

13.

Kelsi s'attarda à son travail aussi longtemps qu'elle le put, tant la perspective de retrouver la grande maison vide l'effrayait.

Si elle l'avait pu, elle aurait passé la nuit dans les bureaux pour éviter de se retrouver dans son grand lit où, elle le savait, l'absence de Jack lui paraîtrait encore plus cruelle.

Pourtant, il fallait être raisonnable, se nourrir, dormir, faire semblant de croire en l'avenir. Pour son enfant, elle devait trouver la force d'avancer…

Jamais elle ne s'était sentie aussi seule. A qui parler, à qui se confier ? Elle n'avait personne. Sauf Jack… et sa mère.

Sa mère à laquelle elle n'avait pas encore eu le courage d'annoncer qu'elle allait être grand-mère.

Le moment était venu, se dit-elle en composant le numéro. Elle n'avait que trop attendu…

Il y eut des larmes, des cris d'exclamation, des rires. Et surtout beaucoup d'amour et une extraordinaire écoute mutuelle. La conversation dura tout le long du trajet, et Kelsi dut promettre à sa mère d'aller la voir aussi vite que possible pour qu'elle accepte de raccrocher.

Quand elle arriva devant chez elle, elle crut apercevoir une ombre dans la cour et s'immobilisa.

Inquiète, elle tenta de se rassurer : il s'agissait probablement d'un ouvrier retenu plus longtemps que les autres. Mais cette hypothèse ne tenait pas : il était beaucoup trop tard !

Un cambrioleur, qui avait repéré que le seul homme de la maison était parti le matin même ?

Le cœur battant, le portable dans la main pour parer à toute éventualité, elle s'avança.

Alors, stupéfaite, elle aperçut Jack, debout au milieu de la cour.

Une bouffée de joie l'envahit, mais pour quelques secondes seulement. Si Jack était là, c'était parce qu'Alice l'avait prévenu de sa chute, et pour aucune autre raison, comprit-elle rapidement. Comme elle l'avait prévu, il s'était senti obligé de reporter son voyage pour s'assurer qu'elle allait bien. Il n'était revenu que par devoir.

— Jack, que fais-tu ici ? balbutia-t-elle, au supplice. Tu devrais déjà être loin…

Bouleversée de le retrouver, si beau, si troublant, si mâle, elle faillit se jeter dans ses bras et, tout simplement, lui avouer son amour. Mais par miracle, elle se contrôla : elle devait le laisser vivre sa vie librement, aller au bout de ses rêves. Ce qu'elle avait à lui offrir ne lui conviendrait jamais.

— Je ne pars plus, répliqua-t-il avec calme.

— Mais il le faut, Jack ! Tu dois partir ! Ta vie, c'est la compétition !

Il la suivit dans l'escalier, puis sur le palier.

— Dans la vie, les priorités peuvent changer, précisa-t-il d'une voix sourde.

— Mais, Jack…

Il l'interrompit brusquement, les traits soudain durcis.

— Rien ne trouve donc grâce à tes yeux ? lança-t-il avec une violence mal contenue. Je fais tout ce que je peux pour te satisfaire, mais c'est mission impossible ! Je reviens vers toi, et tu me renvoies purement et simplement ! Ma présence t'est donc si insupportable ?

La gorge de Kelsi se serra. Comment l'éloigner d'elle alors que son souhait le plus cher était de le voir rester pour toujours à ses côtés ?

— Je ne veux pas que tu te mentes à toi-même, articula-t-elle avec difficulté. Ta place n'est pas ici.

De rage et de frustration, il serra les poings.

— Qu'est-ce qui te permet de l'affirmer ? s'écria-t-il avec violence.

Elle poussa un profond soupir.

— Tu le sais aussi bien que moi, Jack. Oublie ce que t'a dit Alice : le bébé va très bien, rassure-toi.

— Je n'ai pas parlé avec Alice, coupa-t-il sèchement. Et mon retour n'a rien à voir avec le bébé, mais avec toi. Uniquement avec toi. Avec nous.

Avec nous ! Que signifiaient ces paroles, puisqu'ils ne formaient pas un couple ? Kelsi n'y comprenait plus rien. Et si Alice ne l'avait pas prévenu, alors pourquoi était-il rentré ?

— Je suis incapable de te quitter, Kelsi, avoua-t-il dans un murmure.

Il avait parlé si bas qu'elle crut d'abord avoir mal entendu.

— Ne me regarde pas avec cet air effaré, reprit-il d'un ton plus ferme. Je ne veux pas te quitter. Je veux vivre avec toi. Et comme il n'est pas question de te faire prendre des risques en t'emmenant avec moi sur les sites d'entraînement, j'ai décidé de rester. Tu comprends ?

— Je ne sais pas…, balbutia-t-elle, partagée entre la joie et l'incrédulité. Mais pourquoi veux-tu vivre avec moi ?

Il sourit malgré lui.

— Décidément, il faut tout t'expliquer, Kelsi ! s'exclama-t-il, attendri par son évident désarroi. Je veux rester avec toi parce que je t'aime, comme je ne croyais jamais pouvoir aimer. Parce que tu es devenue essentielle à mon existence. Parce que cet enfant que nous allons avoir ensemble est la plus belle chose qui me soit jamais arrivée…

Cette fois, elle commençait à croire que tout cela n'était pas un rêve. C'est bien Jack qui avait prononcé ces mots merveilleux, Jack qui la couvait d'un regard amoureux.

Alors il la prit dans ses bras avec une infinie douceur et la serra contre lui.

— On restera ici jusqu'à l'arrivée du bébé, lui murmura-t-il à l'oreille, puis après vous viendrez avec moi à Karearea. Nous vivrons dans le lodge. Tous les trois…

Elle ferma les yeux, comblée. Mais une question la taraudait.

— Jack, je t'aime si fort, si fort, murmura-t-elle d'une voix sourde. Mais tu es sûr que ce n'est pas à cause du bébé que tu es revenu ?

Pour toute réponse, il lui déposa sur les lèvres un baiser furtif.

— Je suis revenu parce que je ne peux pas envisager la vie sans toi, parce que je suis fou amoureux de toi, parce que tu es la plus belle femme du monde, parce que je t'aimerai jusqu'à mon dernier souffle, déclara-t-il. Tu veux que je continue, ou ça te suffit ?

Elle s'écarta de lui et dévisagea longuement son beau visage aux traits nobles, son regard d'une lumineuse franchise.

— Je crois que ça me suffit, balbutia-t-elle, au septième ciel.

Un dernier doute l'assaillit soudain.

— Et le sport ? lança-t-elle. Il ne faut pas que tu renonces à tes ambitions à cause de moi et du bébé !

— Je ne renonce pas, je fais une pause de quelques mois, expliqua-t-il.

Il la regarda d'un air grave, puis reprit :

— Grâce à toi, j'ai compris qu'il y avait d'autres défis dans la vie que d'arriver le premier en bas d'une pente, commença-t-il. Peu avant sa mort, mon père m'avait confié que la chose la plus importante qu'il ait jamais faite, bien plus impressionnante encore que de vaincre l'Everest, c'était d'aimer une femme et d'être un père digne de ce nom. A présent, je comprends ce qu'il voulait dire. Même si je ne suis pas prêt à renoncer à ma carrière, ce n'est plus ma priorité aujourd'hui.

Il lui caressa tendrement la joue et se perdit dans ses yeux dorés.

— Ma priorité, c'est toi, c'est lui, ajouta-t-il en posant la main sur son ventre. C'est le plus beau et le plus excitant des défis.

Elle se serra contre lui, heureuse de retrouver sa chaleur, son odeur, la force rassurante de son corps mâle.

— Et les jeux Olympiques ? demanda-t-elle. Il faut que tu y participes ! J'adorerais vivre ça avec toi, t'encourager, te voir gagner ! Car je suis sûre que tu gagneras…

— Si tu es auprès de moi, je gagnerai, mon amour, enchaîna-t-il.

Ils s'embrassèrent longuement, et ce baiser apaisé acheva de convaincre Kelsi qu'une nouvelle ère s'ouvrait pour eux. Une ère de félicité…

— On se marie quand ? l'interrogea-t-il tout à coup, d'un air aussi dégagé que s'il lui avait demandé l'heure.

— Demain, si tu veux ! rétorqua-t-elle sur le même ton.

Le bonheur le submergea, si violent qu'il eut du mal à reprendre son souffle. Bouleversé, il la prit dans ses bras et la porta sur son lit.

— Que dirais-tu d'anticiper la nuit de noces ? lança-t-il en s'allongeant à son tour.

— Je dirais que c'est déjà fait depuis longtemps, répondit-elle avec un sourire mutin en glissant la main sous sa chemise.

A son tour, il chercha sa peau douce. Dégrafant son soutien-gorge, il palpa ses seins déjà épanouis par la grossesse. Kelsi allait devenir sa femme, et bientôt leur enfant naîtrait, achevant de faire de lui le plus chanceux des hommes ! Il avait peine à croire à son bonheur.

Il l'enlaça d'un geste possessif et chercha ses lèvres. Cette fois leur baiser fut intense, d'une incroyable charge sensuelle, et le désir déferla en eux, aussi impérieux qu'au premier jour, tant rien ne semblait pouvoir les rassasier l'un de l'autre.

Leurs caresses se firent plus précises, leurs soupirs s'accélérèrent au fur et à mesure que le feu qui couvait en eux s'embrasait. Puis ce fut l'apothéose, le plaisir partagé, la merveilleuse sensation de ne plus faire qu'un avec l'autre.

*
* *

Longtemps après, ils s'éveillèrent apaisés dans les bras l'un de l'autre.

Le bonheur, finalement, c'était si simple ! songea Kelsi en regardant avec adoration le beau visage de Jack. Avec lui, le monde autour d'elle prenait enfin tout son sens.

— J'ai réfléchi, commença-t-il d'un ton grave.

Elle le regarda, désarçonnée.

— A quoi ?

— A la chambre du bébé. Je la veux tout près de la nôtre.

La place d'une chambre d'enfant ? Ce n'était rien, et c'était tout, se dit Kelsi en souriant à la pensée de cette famille qu'ils allaient construire, de cet avenir qui s'annonçait radieux parce qu'ils le vivraient ensemble.

— Et si on a un autre enfant ? murmura-t-elle presque timidement.

— Mais nous aurons un autre enfant, si tu es d'accord, bien sûr ! s'exclama-t-il. Moi, j'en veux au moins trois.

— Trois, ça me va…, enchaîna-t-elle en jouant avec la toison brune qui lui recouvrait la poitrine.

— Et ta mère, tu l'as prévenue ?

— Oui. Elle est folle de joie à l'idée d'être grand-mère.

— J'ai hâte de la rencontrer.

— Elle va t'adorer, assura Kelsi d'un ton grave.

Il la serra plus fort contre lui.

— Là, tu vas peut-être un peu vite, mon amour, murmura-t-il en riant.

— Non, Jack. En nous voyant ensemble, ma mère comprendra que tu es l'homme que j'avais toujours rêvé de rencontrer. L'homme qui m'a révélée à moi-même, qui m'a montré que le bonheur était à portée de main. L'homme qui sera un père merveilleux pour notre enfant. Je t'aime, Jack, je t'aimerai toujours…

Les larmes aux yeux, elle se lova contre son large torse et ferma les yeux, comblée.

Dans ses bras, elle avait trouvé sa place.

Découvrez la nouvelle saga *Azur*

de 8 titres inédits

La Fierté des Corretti

PASSIONS SICILIENNES

Et si seul l'amour avait le pouvoir de sauver les Corretti ?

1er avril

1er mai

1er juin

1er juillet

1er août

1er septembre

1er octobre

1er novembre

Rendez-vous dans vos points de vente habituels
ou en e-book sur www.harlequin.fr

éditions HARLEQUIN

Lisez, gagnez,... et fêtez toutes les mamans !

du 6 mai au 6 juin 2014

Tirage au sort*

Inscription et règlement sur

www.harlequin.fr

1 an de fleurs

2 coffrets cadeaux

EBOOK Offert pour tous les participants

* Sans obligation d'achat.

HARLEQUIN

Photos : ©Anna-MariWest/Fotolia - ©puhhha/Fotolia

collection *Azur*

Ne manquez pas, dès le 1er juin

***POUR UNE NUIT DE PASSION**, Heidi Rice • N°3475*

Puisque Nick Delisantro ignore toutes ses tentatives pour le joindre, Eva a décidé de passer au plan B : ce soir, elle se rendra au vernissage auquel il doit assister, et lui parlera. Car, après des mois de recherches pour retrouver le dernier héritier du comte De Rossi, le vieil homme pour lequel elle travaille, elle entend bien obtenir un rendez-vous. Mais, si elle sait tout, ou presque, de l'histoire familiale de Nick, Eva n'était pas préparée à affronter son charme ténébreux. Incapable de résister au désir fou qu'il lui inspire immédiatement, elle s'abandonne, entre ses bras, à une nuit de passion. Mais, au matin, Eva sent la panique l'envahir : c'est non seulement son emploi qu'elle vient de mettre en péril, mais aussi son cœur…

***LA BRÛLURE D'UN BAISER,** Lindsay Armstrong • N°3476*

Play-boy & Milliardaire

Depuis toujours, Mia sait que le monde est divisé en deux catégories de personnes : les play-boys richissimes et flamboyants, comme Carlos O'Connor, et les gens comme elle, la fille de la gouvernante, presque invisibles. Un jour pourtant, il y a cinq ans, Carlos a posé les yeux sur elle. Et Mia n'a jamais oublié le désir qui brillait alors dans son regard, ni la douceur de ses lèvres sur les siennes. Mais, persuadée qu'il se lasserait vite d'elle, et terrifiée par les sentiments qu'il lui inspirait, elle a préféré prendre la fuite. Aujourd'hui, hélas, elle pressent que son passé est sur le point de la rattraper. Car la petite agence d'événementiel qu'elle a créée a été choisie pour organiser le mariage de la sœur de Carlos…

***UNE BOULEVERSANTE MÉPRISE**, Michelle Conder • N°3477*

Séjourner dans le plus bel hôtel particulier de Londres, en compagnie du meilleur parti de la ville… qui pourrait croire que cela s'apparente à de la torture pour Lily ? Hélas, non content d'être outrageusement beau, Tristan Garrett est aussi l'homme avec lequel elle a voulu croire, des années plus tôt, à un avenir radieux, avant qu'il ne la bannisse soudainement de sa vie. Aujourd'hui, alors qu'elle a tout perdu, Lily n'a d'autre choix que d'accepter son aide – et son hospitalité… Mais comment supporter, jour et nuit, l'hostilité et le mépris de cet homme qu'elle n'a jamais oublié, mais qui ne fait rien pour lui cacher qu'il ne l'aide qu'à contrecœur ?

UN HÉRITIER POUR LE PRINCE, Lucy Monroe • *N°3478*

Attendre l'enfant du prince Maksim de Volyarus aurait dû être une joie pour Gillian. Maksim n'est-il pas l'amour de sa vie, l'homme qu'elle devait épouser ? C'était du moins ce qu'elle croyait voilà quelques semaines encore, jusqu'à ce jour atroce où les médecins leur ont annoncé qu'elle ne pourrait peut-être pas avoir d'enfant. A la minute même, Maksim a brutalement rompu leurs fiançailles. Dans ces conditions, comment pourrait-elle faire comme si de rien n'était et l'épouser, comme il l'exige maintenant qu'elle porte son héritier ? Car elle sait à présent que leur histoire n'a aucune valeur pour cet homme qui fera toujours passer son devoir avant elle et leur enfant…

LE CHANTAGE D'UN SÉDUCTEUR, Victoria Parker • *N°3479*

Quand elle comprend que l'homme si séduisant qui vient de pénétrer dans son bureau est envoyé par ses parents pour la ramener à Arunthia, Claudia n'a qu'une envie : le mettre à la porte. Sa vie est ici, à Londres, où elle se consacre jour et nuit à un travail qui la passionne, et certainement pas à la cour d'Arunthia, où seule l'attend une vie de devoirs et d'obligations. Mais lorsque Lucas lui propose une importante somme en échange de son retour, Claudia sent sa résolution vaciller. N'a-t-elle pas terriblement besoin de cet argent pour mener à bien le projet qui lui tient tant à cœur ? La mort dans l'âme, elle se résout à céder au chantage de cet homme dont la proximité la trouble profondément, et à le suivre, pour trois semaines, à Arunthia...

AU PIÈGE DE LA TENTATION, Cathy Williams • *N°3480*

Dès qu'elle s'est installée à la campagne, Heather s'est prise d'amitié pour Daniel, le petit garçon qui vit avec sa grand-mère dans la maison voisine. Elle imagine bien le genre d'homme que doit être Leonardo West, le père de l'enfant : un homme entièrement dévoué à ses affaires, riche, puissant et sans cœur. Aussi, quand elle le rencontre enfin, n'hésite-t-elle pas à lui dire vertement ce qu'elle pense de sa conduite. Mais quand Leonardo lui demande, quelque temps plus tard, de s'occuper de son fils, Heather sent la panique l'envahir. Si elle n'a pas le cœur d'abandonner le petit garçon à son sort, elle n'en est pas moins convaincue qu'elle doit se tenir à distance de Leonardo et des sentiments brûlants qu'il éveille en elle, en dépit de toute raison.

LA FIANCÉE INTERDITE, Sharon Kendrick • *N°3481*

Francesca ? Comment la petite sauvageonne qui grimpait aux arbres a-t-elle pu se métamorphoser en cette femme envoûtante ? Et, surtout, que fait cet imposant diamant à son doigt ? Zahid refuse de croire que celle qui n'était hier encore qu'une adolescente puisse être aujourd'hui fiancée. Mais son étonnement n'est rien face à la colère qu'il ressent en découvrant celui qu'elle doit épouser, un homme vil et intéressé. Pour empêcher ce mariage, Zahid décide de tout faire. Sans pouvoir se défaire d'un désagréable sentiment : ne se ment-il pas à lui-même en prétendant agir pour le bien de Francesca ? Car la voir fiancée à un autre éveille en lui un élan possessif et primaire. Un élan auquel il ne peut céder : en tant que cheikh de Khayarzah, il se doit entièrement à son pays et à son peuple...

L'ORGUEIL DE ZANDER VOLAKIS, Sarah Morgan • *N°3482*

Lorsqu'il découvre le visage de la femme engagée pour le débarrasser de son image de play-boy, Zander Volakis sent une colère noire l'envahir. Car ce n'est pas n'importe quelle femme, c'est *sa* femme. Celle qui a su, cinq ans plus tôt, avec son corps somptueux et son regard innocent, obtenir de lui ce qu'il avait refusé à tant d'autres... avant de le trahir de la pire des façons. Mais aujourd'hui, pour conclure une importante affaire, il doit à tout prix restaurer son image. Alors, c'est décidé : Lauranne travaillera pour lui et ensuite, seulement, il lui accordera le divorce qu'elle réclame. Mais, avant cela, il compte bien la mettre dans son lit et oublier, une bonne fois pour toutes, celle qui n'a jamais cessé de hanter ses nuits...

UN IRRÉSISTIBLE DÉFI, Lynne Graham • *N°3483*

- Amoureuses et insoumises - 1ère partie

Quand elle apprend que Mikhail Kusnirovich, l'homme si séduisant qui lui a volé un brûlant baiser, quelques semaines plus tôt, a acheté la maison dans laquelle elle vit, Kat sent une colère sourde l'envahir. Car, elle n'en doute pas : ce séducteur impitoyable cherche à se venger parce qu'elle a repoussé ses avances. Comment, sinon, expliquer l'odieux marché qu'il lui propose : il lui rendra sa maison si elle passe un mois avec lui, sur son yacht. Comment refuser, alors que Birkside est le seul foyer qu'elle et ses sœurs aient jamais eu ? Mais si elle a eu la force de repousser Mikhail une fois, en dépit du désir fou qu'il lui inspire, Kat se demande avec angoisse si elle en sera capable pendant tout un mois...

LE SECRET DE VALENTINA, Abby Green • *N°3484*

- La fierté des Corretti - 3ème partie

A la mort de son frère, Valentina s'est fait deux promesses : vouer une haine éternelle à Gio Corretti, l'homme responsable de ce terrible accident, et protéger ses parents, si affectés par cette perte. Aujourd'hui, hélas, alors que sa petite entreprise est au bord de la faillite, un seul homme peut l'aider : Gio. Si elle veut offrir à ses parents la vie meilleure qu'ils méritent, elle va devoir se résoudre à lui demander du travail. Mais à peine croise-t-elle le regard de Gio que Valentina comprend que les sentiments troublants qu'il a toujours éveillés en elle sont plus puissants que jamais. Dans ces conditions, comment travailler pour cet homme qu'elle s'est juré de haïr… et avec lequel tout avenir lui est interdit ?

Attention, numérotation des livres différente
pour le Canada : numéros 1912 à 1921.

www.harlequin.fr

Best-Sellers n°605 • suspense

La coupable parfaite - Laura Caldwell

A Chicago, une femme est accusée d'avoir empoisonné sa meilleure amie dans le but de lui ravir son mari. Aux yeux de la police, la culpabilité de la prévenue ne fait aucun doute. En revanche, pour l'intrépide et brillante avocate Izzy McNeil, qui se lance alors dans sa première affaire pénale, rien n'est moins sûr. Sa cliente a beau se montrer étrangement secrète, Izzy n'est pas du tout convaincue par la thèse du crime passionnel. A tel point qu'elle décide de mener sa propre enquête pour éclaircir les zones d'ombre et découvrir la vérité. Mais ce qui s'annonce comme l'affaire de sa carrière ne pouvait pas tomber plus mal car la vie personnelle d'Izzy est en plein chambardement : son ex-fiancé fait un retour retentissant alors même qu'elle tente de construire une nouvelle histoire d'amour.

Entre sombres secrets et passions inavouables, Izzy plonge peu à peu dans un monde où les relations aux allures inoffensives peuvent se révéler dangereuses…

Best-Sellers n°606 • suspense

Dangereux faux-semblants - Heather Graham

Pétrifiée, Madison Darvil ne peut détacher son regard de l'épaisse flaque de sang qui macule le sol. Qui rôdait cette nuit dans les sous-sols sinueux des studios de cinéma où elle travaille, et a sauvagement égorgé la belle Jenny Henderson, une jeune actrice dont la carrière était en train de décoller ? La police soupçonne le petit ami de Jenny, mais Madison, elle, refuse de croire à sa culpabilité : jamais celui qu'elle considère comme son petit frère n'aurait pu commettre un crime aussi odieux ! Parce qu'elle veut à tout prix qu'il soit innocenté, mais aussi parce qu'elle veut faire enfermer le criminel qui peut de nouveau – et à tout instant – frapper, Madison accepte d'apporter son aide à Sean Cameron, l'agent du FBI dépêché sur place. Un homme auréolé de mystère qu'elle peine à cerner… et dont la présence la trouble plus encore quand il lui révèle qu'il connaît son secret et que, comme elle, il a le pouvoir de communiquer avec les morts.

Best-Sellers n°607 • roman

L'héritage des Granger - Brenda Jackson

Des années plus tôt, Jace, Caden et Dalton Granger ont laissé derrière eux Charlottesville, la maison de leur enfance, et les terribles souvenirs qui y sont attachés. Mais, aujourd'hui, ils sont de retour pour exaucer le dernier souhait de leur défunt grand-père : sauver l'entreprise dans laquelle des générations de Granger ont mis toute leur énergie et leur passion.

Lorsqu'il découvre que *Granger Aeronotics*, qu'il a toujours connue florissante et à la pointe du progrès, est aujourd'hui au bord de la faillite, Jace n'a qu'une envie : claquer la porte et retourner à la vie qu'il s'est construite loin de Charlottesville. Hélas, comment le pourrait-il alors qu'il a solennellement juré à son grand-père, sur son lit de mort, de reprendre les rênes de l'entreprise familiale ? S'il veut sauver *Granger Aeronotics* et démasquer le traître qui a vendu certains de leurs secrets de fabrication à leur plus grand concurrent, Jace n'a qu'une solution : faire appel à Shana Bradford, la meilleure consultante de la ville.

Mais à peine pose-t-il les yeux sur la jeune femme qu'il pressent que cette collaboration sera bien plus difficile qu'il ne l'avait envisagé. Comment consacrer toute son énergie à sauver *Granger Aeronotics*, comme la situation l'exige, alors que les formes pulpeuses, la voix douce et le regard lumineux de Shana l'obsèdent jour et nuit ?

Best-Sellers n°608 • historique

La scandaleuse - Nicola Cornick

Londres, Régence

Susanna, en chair et en os ? Impossible ! Et pourtant… James Devlin, stupéfait, doit se rendre à l'évidence : c'est bien sa première épouse qui rit et danse avec insouciance au bal le plus prisé de la saison, et qui fait mine de ne pas le reconnaître ! Comment Susanna ose-t-elle réapparaître ainsi comme si de rien n'était, après avoir disparu sans laisser de traces, neuf ans plus tôt, au lendemain de leur nuit de noces ? Et comment peut-elle croire que se présenter sous un faux nom suffirait à le tromper, lui ?

Alors que la colère le submerge avec la même force qu'autrefois, James se jure que Susanna ne quittera pas ces lieux sans lui avoir donné l'explication qu'il attend depuis neuf ans. Ni sans lui avoir avoué ce qu'elle fait aujourd'hui au bras de l'un des célibataires les plus en vue de Londres. Car même s'il refuse de se l'avouer, il ne peut supporter l'idée que Susanna soit à un autre homme que lui…

www.harlequin.fr

Composé et édité par les

éditions HARLEQUIN

Achevé d'imprimer en avril 2014

BRODARD & TAUPIN

La Flèche

Dépôt légal : mai 2014

Imprimé en France